Posdata

Francisca López y Claudia Aburto Guzmán

 **Ediciones Nuevo Espacio**

Ediciones Nuevo Espacio
New Jersey, 07704, USA
http://www.editorial-ene.com
Ednuevoespacio@aol.com
Primera edición, noviembre, 2005
ISBN: 1-930879-43-1

a mi madre, quien siempre ha soñado
a josé luis, quien con fuerza sueña
a Ella, para quien todo es un sueño
Om Gurumayi OM

Claudia

A todas las amistades reales e inventadas,
las que sobreviven las mareas
y las que se van quedando por el camino.

Francisca

Prefacio

En esta novela a dos voces, Francisca López y Claudia Aburto Guzmán exploran, a través de un discurso en apariencia provisional, fragmentado y casual, como el título indica, el poder de la escritura y la trascendencia de la amistad. El género epistolar, actualizado en *Posdata* para abarcar sus manifestaciones más modernas (correo electrónico, tarjetas postales y transcripción literal de discursos múltiples) les permite a las autoras amalgamar acontecimientos y disquisiciones—tanto individuales como compartidas—que rescatan, en la distancia, el sentimiento de comunión y solidaridad con el otro.

Por su recorrido por diferentes ciudades de la geografía estadounidense, latinoamericana, cubana y española, *Posdata* representa un cruce de culturas e identidades, así como un mapa simbólico de contornos políticos y sociológicos en el que se perfilan temas candentes de la actualidad, desde la opresión latinoamericana y el terrorismo islámico, hasta la guerra de Irak y el imperialismo estadounidense. A caballo entre una narración histórica testimonial, un libro de viajes y una confesión íntima, esta novela funde además lo público con lo privado, convirtiéndose en último término en una entrañable reflexión vital de dos mujeres, la una fotógrafa y la otra historiadora, que se relacionan y se reinventan, en un proceso narrativo que aúna la imagen y la palabra, así como la vida y la muerte.

El tono intimista, junto con el dinamismo temático y discursivo de esta novela, ejercen una poderosa atracción en el lector que busque en la literatura no sólo un reflejo artístico de su realidad circundante, sino también un vislumbre del misterio de la naturaleza humana. El carácter epistolar e introspectivo de la narración permite al lector, en efecto, asomarse al mundo privado de estos dos personajes femeninos, dotados de una honestidad feroz y de un anticonvencionalismo arraigado, que comparten sus vivencias y opiniones sin filtros auto impuestos. Tal aparente transparencia convierte al lector en una especie de voyeur existencial, con libertad absoluta para ser testigo de las confesiones más personales y privadas, sin sentirse observado ni descubierto. El proceso de la escritura y la experiencia de la lectura se manifiestan por ello a través de esta novela como un juego de complicidad vital y textual, como un antídoto contra la soledad y la ausencia, y como un refugio contra la confusión, violencia e insolidaridad del mundo actual.

Con una buena dosis de humor intelectual, picardía lingüística y sutileza psicológica, las narradoras de esta odisea femenina moderna ahondan tanto en sus propias contradicciones e incógnitas, como en las del mundo que las rodea. Esta labor, quijotesca e infructuosa en ocasiones, no deja de poseer propósito moral y ético, ya que permite a las interlocutoras trazar el recorrido necesario para derrumbar los convencionalismos vacíos y para retener una autenticidad que salvaguarde su humanidad y dignidad.

En *Posdata* la amistad, germen y epicentro de esta narración, constituye la verdadera protagonista textual y la única realidad capaz de disipar, por lo menos de manera provisional, la ansiedad humana ante la muerte, esa "última frontera" a la que ambos personajes se enfrentan de maneras diametralmente opuestas. Esta amistad femenina se erige, además, como elemento indispensable para nuestra comprensión de los tonos que el concepto de *l'écriture féminine* adquiere progresivamente en esta novela. Se trata de una escritura con conciencia de género, definida como acto compartido y caracterizada por su audacia discursiva y su atrevimiento intelectual; una escritura femenina que proclama el derecho a pensar fuera de lo establecido y a explorar sin justificaciones la perplejidad producida por una realidad compleja, enigmática y frecuentemente goyesca. Estos trozos de conversación o posdatas, polifónicos en forma y subversivos en tono, constituyen, en definitiva, la materia prima textual, lo que hace a las interlocutoras humanas, lo que las conecta más allá del mundo previsible y cotidiano que las define ante los demás, y lo que destapa simultáneamente su vulnerabilidad existencial y su fuerza creativa.

Estrella Cibreiro
College of the Holy Cross

20 de febrero 2001
UCON, connecticut

hace poco te has ido Rosi y no tengo a quién decirle de
esta inquietud que me vuelve a inundar los pies. empecé a escribir porque quería decir algo y me doy cuenta
que es a ti a quien debo decírselo. son cosas que van
rondándome, quedando colgadas en mí, compartimenta-
lizadas hasta que ocupan tanto espacio que se desbor-
dan en acciones incoherentes, a veces tiernas, a veces en
acciones imaginarias porque nunca las llevo a cabo.

te escribo porque fuiste tú la que entraste, sorprendién-
dome, pillándome descuidada, como si me hubiese olvidado de quién soy, o mejor dicho como si hubieses
descubierto que quién soy ante todos es una gran mentira. y podría empezar esta carta hablándote de quién
no soy: no soy la que camina equilibrándose perfectamente sobre el hielo. no soy la que contempla la nieve
mientras cae silenciosa sobre los techos. pero tal vez,
esas sí soy. entonces, tal vez, empezar por quién no soy
no ha de llevarme donde quiero llegar. lo que quiero
aquí, ahora, es eliminar el bagaje que contiene la vestimenta que uso para caminar estas calles, regiones y continente. y sabes bien que he caminado mucho. lo he
cruzado en todas las direcciones – afán mío, éste, de
caminar. escoger un punto en el mapa y largarme, porque quedarme es sentir cómo me entierra el peso de este
bagaje que acarreo.

tal vez fue por eso que me sorprendiste, porque supiste

que era todo un *performance* de primera. *puedo ir de allá para acá*, digo al que no me conoce. *las cámaras me dan la licencia y son lo único que ponen en orden lo que veo, huelo y toco. no, no importa el hecho que vivo de la maleta; el camino es mío y los demás sólo ven lo que yo quiero que vean.* Ana Rosa, sé que tú sabes que lo dicho son necedades, todas calculadas para conmover, motivar, enojar, irritar a los que escuchan, para hacer que hagan cualquier cosa menos el estar ahí con cara de piedras, nulos, fríos como la nieve que cae incesante en el invierno.

cuando llegaste esa vez del primer vino (no recuerdo exactamente de dónde venías), pusiste un espejo ante mí y me vi hipócrita, me vi fea con esa vestimenta sin gracia, tan calculada, tan absolutamente encubridora. fue para la risa – por lo menos a la segunda o tercera copa. el espejo de tus ojos quebrantó en mil pedazos aquéllo que yo me había convencido ser. estuvimos mirando los pedazos regados por el piso y no podíamos dejar de reír. cada pedazo recordaba una reacción de alguien que creía que veía a un ente verificable. claro que para la cuarta copa estábamos las dos destruidas, ya que tú también te quitaste la careta y dejaste ver lo vulnerable que eres ante todo, aún cuando tienes el más perfecto de los disfraces.

¿qué más puedo decirte Rosi? sabemos lo que sabemos y la distancia y el tiempo ha de cambiarle el significado a todo. ya no caminaremos los pasillos juntas pero nuestras palabras trenzarán los caminos que caminamos en diferentes lugares.

escribe pronto que ya te echo de menos Rosa nocturna

Vermont, 25 de febrero del 2001

Tu carta llega en el momento justo. Los primeros meses de trabajo han sido tan absorbentes que no he tenido tiempo de pensar en mucho más que preparar la clase siguiente. Ni siquiera he podido escribir. Aquel proyecto que tenía entre manos cuando me fui de UConn el diciembre pasado sigue todavía en bragas; la explotación bananera en Ecuador va a tener que esperar por ahora.

Son curiosos los *colleges* estos; te exigen que publiques al tiempo que esperan que enseñes un montón de clases, estés disponible para los alumnos cada vez que a ellos les viene en gana, participes en actividades extracurriculares, comités, la comunidad. Yo no sé cómo la gente puede hacerlo todo y no volverse loca. Quizás la experiencia y los años de rodaje ayuden a capear a todos y cada uno de esos toros. Aunque también podría ser que, con el tiempo, todos se vuelvan medio majareta, porque veo cada actitud que me deja pasmada. ¿Te puedes creer que la gente no habla de su investigación por miedo a que le roben las ideas? ¿Cuáles serán esas ideas tan importantes y originales que podrían ser tan fácilmente robadas? Y, sobre todo, ¿qué tipo de actividad intelectual es ésta que acontece en la soledad del individuo frente al ordenador y un montón de papeles? ¿Dónde quedan el diálogo, la discusión, los contrastes de opiniones sobre cuestiones, ideas, teorías, acontecimientos históricos, textos literarios, o problemas de física específicos?

Como puedes imaginar, después de leer lo anterior, no he hecho muchos amigos. Es difícil, y no sólo por la falta de tiempo. Bueno, siempre está el tipo ese que quiere follar contigo y, por lo menos hasta que lo consigue, no deja de llamar y joder para hacer algo, pero el que esta vez me ha tocado en suerte no me apetece nada. El pobre tiene menos color que un mes de febrero en *New England*. Además, él está convencido de que me gusta aunque no me atreva a reconocerlo. Más o menos como el loco aquel al que le dio por demostrarnos que sí nos gustaba la nieve y nos invitó a pasar un fin de semana en Sugar Loaf con todos los gastos pagados. A los hombres no hay por donde cogerlos, Charlie, como no sea por el apéndice que les cuelga entre las piernas.

Gracias por tu carta Corazón. Yo también te echo de menos; mucho, muchísimo. Echo de menos nuestras conversaciones sin miedo a que nadie le robara las ideas a nadie, nuestras borracheras con máscaras y sin ellas, nuestros paseos a comprar ese helado tan buenísimo de la leche de las vacas de UConn, nuestras sentadas interminables junto al lago, nuestros encuentros y desencuentros con Francisco. A mí personalmente tus máscaras me divierten; no te las quites todas, que andar por el mundo a corazón descubierto debe ser muy jodido.

Te dejo con un abrazo enorme y con una promesa: Bajo a visitarte dentro de un par de semanas que tenemos aquí el *spring break*. Vivimos demasiado cerca para que se nos pasen los meses sin vernos.

Alma Rugiente.

Date: Wed, 28 Feb 2001 06:14:23
From: charlie_be@lomani.com
To: anarosa@restauro.com

cuando llegues te tendré un cubo de helado para que te endulce el paladar. luego nos sentaremos frente a la tele sin zapatos pero con los calcetines de lana que trajiste de Chiloé cuando todavía creías que habías reencarnado de una antigua machi, por lo tanto te fuiste a recuperar memoria (¿recuerdas qué fallo?).

después, al llegar Francisco, pondremos nuestra película futurista favorita, la del *Bladerunner* y estaremos atentas a cuando Rutger Hauer diga: *quite an experience to live in fear. that's what it is to be a slave*. luego, cuando moribundo diga esa frase que tanto me conmueve: *if only you could see what I've seen with your eyes*, lloraremos líricamente, inventando los actos dudosos que él dice haber hecho. al inventarlos seremos nosotros quien habrá visto y habremos hecho, mi querida Rosa invernal.

Date: Thu, 1 Mar 2001 03:27:53
From: anarosa@restauro.com
To: charlie_be@lomani.com

Bueno. Lo del helado me gusta y lo de sentarnos descalzas frente a la tele también. De ponerme los calcetines de lana de Chiloé no sé yo qué decirte; me parece que me voy a conformar con unos de *fleece*. El recuerdo de esa isla que tanto le gusta a todo el mundo me pone la carne del alma de gallina, por citar a uno de mis compatriotas favoritos. No sé lo que es, pero me puede. Será que ése ha sido el único sitio en el que he sentido que podía haber algo de verdad en todo eso de los universos paralelos y los cuerpos reciclables y esas cosas de las que tú hablas tan naturalmente como mi madre lo hace de cambiar el agua a las aceitunas o de echar tomates en conserva. Todo el tiempo que pasé en Chiloé me sentí rechazada; no por la gente, sino por un algo indescriptible que a mí me dio por pensar que era la manifestación de una especie de rencor histórico. Sí, ya sé lo que debes estar pensando, pero me da igual. El caso es que el coche se me escacharró, las puertas las encontraba cerradas, la comida se me caía de las manos y el teléfono no me dejaba contactar con el exterior. Lo peor fue el día de difuntos, compartiendo el autobús con toda esa gente que se dirigía al cementerio a honrar a sus muertos: hombres ahítos de pisco desde la mañana y mujeres ahítas de sus hombres aunque decididas a cuidar de ellos... Algunos de esos borrachos parecían ser el vehículo por el que se manifestaban espíritus iracundos contra la opresión histórica y la pobreza a la que su pueblo ha sido sometido un siglo después de otro. Y algo me hizo sentir como una invasora más; te juro que no veía el momento de coger el barco de vuelta a Puerto Montt. De día medio medio, pero por la noche era como si cien mil manos me agarraran por todas partes haciéndome difícil respirar. De Chiloé no me queda más que aprensión y dos cintas piratas que le compré a un puertorriqueño medio colgado, que andaba por allí sin, por lo que se podía apreciar, echar de menos su implacable sol caribeño ni de más la infelicidad de los chilotas.

Los calcetines de lana para ti, que eres medio india y no te pican. Y el helado que sea de vainilla, por favor.

la blAdeRunner del futuro.

20 de abril 2001

te has vuelto a ir y he quedado perpleja. ríes, siempre con ironía, como si ya no vieras más que el absurdo de las cosas. no dejes que enjaulen a la leona en pasillos sin acústica. no sé porque eres tan testaruda y usas el título de la manera más obvia: para enseñar. tanto leer y teorizar y para qué, para que tengas que pararte frente a un montón de piojentos con espinillas en la cara. para qué pierdes el tiempo si estos creen que el profesorado es un sirviente más en esta mansión que es su país: *América, la bella.*

la Magda, al fin y al cabo, puede que tenga razón. se fue a enseñar español a un high school privado. más tranquilo y anestesiador (por lo menos las dudas existenciales no le punzan incesantemente). a quien nunca le entendí la decisión fue a Matías. mira que irse a meter en la Georgia profunda donde todavía visten de incesto las facciones del rostro. tal vez quería agregar un poco de variación a esa laguna de genes. cómo serán las cosas, leona sietemesina, que le echan tanto barro a mis países porque somos unos huachos, a veces sin modo de trazar nuestra línea genética, luego uno se entera que aquí todos son hijos de un mismo padre. bajo esas circunstancias prefiero padre anónimo a saber que el padre mío ha de ser el padre de mis hijos. ¡uff! qué mórbido. no sé por qué me meto en estos callejones mentales.

será porque sigo pensando en nuestra última conversación. no te preocupes cachorro herido, ya te perdonarán tus padres por no volver al tiro.

¿te dije? me llamaron para ir a tirar fotos al Gran Cañón. claro que me ofrecieron el *gig* porque nadie más quiere enfrentarse al desierto en los meses de verano. pero no importa. por lo menos no tengo que llevar estufa portátil: dejo el agua bajo el sol y ya está, agua caliente para el mate y ni siquiera tengo que pagar por el servicio. ¿qué te parece?

a la vuelta te cuento.
no dejes que te atrapen los pasillos Rosita en flor.

29 de abril del 2001

Pasar estos días contigo me ha devuelto la vida, Cachito. Afortunadamente, ya va quedando poco para el final del semestre. Intentaré llevarlo lo mejor que pueda y, en cuanto termine, me voy. A ver si mientras hago por enterarme de los requisitos para la convalidación del doctorado (que me temo serán muchos y muy complicados), logro olvidarme de los malos rollos de aquí y prepararme para afrontar el próximo semestre con más ánimo. Quizás sea verdad eso que tú dices de que todo es cuestión de perspectiva. Aunque yo no sé; cuando a una se le quitan hasta las ganas de joder, es hora de empezar a preocuparse.

Qué suerte tienes y qué envidia me das, Charlie. Ojalá me dedicara yo a la fotografía y pudiera vivir mi vida dando vueltas por el mundo con una (o múltiples) cámara(s) colgada(s) del cuello. Me podías llevar contigo. Te preparaba el matecito por la mañana, te hacía la cama y te tenía la cena lista cuando llegaras por la tarde agotada de cazar con tu cámara. ¿Qué, te provoca, como dicen los hermanos colombianos? (Bueno, vale, hermanos tuyos y no más que primos míos). En serio, Cara, disfruta el calorcito de las noches de verano en el Gran Cañón y ponte protección solar en el día.

Gracias por no pasarme ni una y hacérmelo ver cuando ando haciendo el gilipollas/pendejadas/boberías. Y gracias por recordarme, en los momentos en que lo olvido, que la ironía y el sarcasmo serán todo lo señal de inteligencia que yo quiera, pero destrozan el alma.

Espero que te llegue esto antes de que salgas de viaje.

Un besazo,
AgRadecida.

Date: Sun, 13 May 2001 17:08:45
From: anarosa@restauro.com
To: charlie_be@lomani.com

Salgo para España dentro de tres días. Llevo una semana llamándote para despedirme, pero no te encuentro nunca. Capaz eres de haberte ido sin decir ni mu. Seguro que es eso; te ha entrado uno de tus arrebatos y has salido pitando. Ay que ver cómo eres Carrasquita. Bueno, pues nada, ya hablaremos a la vuelta.

Mua, mua,
A. R.
P.D.: Te mandaré postales múltiples.

28 de mayo 2001
alguna parte en el *mid-west*

sé que he estado "incomunicada." espero que me disculpes. el viaje al norte de Arizona se ha tornado un tanto más desestabilizador de lo anticipado. por aquí por Iowa falleció Alberta. con 200,500 millas ya no pudo más. me acusaron de estúpida y de insensata, ya que (supuestamente) no hay Honda que dure más de las 200,000. me dijeron que intentar tal trayectoria a dicha "edad" era cosa de locas. no sabes cómo me molestó que un par de papas estofadas me hablaran así, como si yo fuera una mosca desechable. estos de *middle América* son unos machistas de mierda. te lo digo porque me pasé tres días frecuentando el establecimiento, diciéndoles que el problema era el motor de arranque, que yo ya venía avisada. no hubo caso. definitivamente tratan a las mujeres como si sólo fueran buenas para pinchar. es una pena que no trabajo el video. quisiera mostrarles cómo son éstos a todos esos "liberales" de la Nueva Inglaterra que nos discutían *que no que en la desarrollada y civilizada USA somos todos iguales,* ¿recuerdas? ya quisiera yo verlos trazar parentesco ideológico con estos gordos de matraca. no entenderán nunca que el que yo pueda votar sigue no garantizándome el trato digno. y eso es todo lo que digo, no vaya a ser que alguien lea ésta y decida no despacharla.

a propósito, para sentirme mejor incluyo esta postal. la casa a punto de caerse sola, rodeada de una veranda de madera podrida, ubicada en el centro de un campo plano y de pasto seco es un encuadramiento bastante común y verídico en algunos páramos del *mid-west*. parece que son residuos de los años 30 cuando la gente tuvo que abandonar casa y campo o quedarse a morir de hambre y disentería. la desolación es absoluta. hubo lugares donde lo único que se movía eran los camiones que se apresuraban por seguir de largo.

he arrendado un auto para poder llegar al Gran Cañon. la carretera I-80 me seguirá guiando hasta Salt Lake City, Utah. ya sabes, territorio mormón. cuando llegue te escribo.

¿qué haces estos meses de verano? vente a Arizona. podremos conversar con los indios Navajo y si tenemos suerte, tal vez los Hopi nos hagan caso.

13 de junio del 2001
En el tren, de Barcelona a Madrid.

Hola Cari.

Mira que postal tan bonita. Me encantan estas fotografías de novios de los años 50; prometen todo un mundo de amor rosa en el que nunca tendrán cabida ni los pequeños problemas de la existencia diaria ni los grandes del acontecer histórico. Se sitúan fuera del tiempo. No contemplan ni que te duela la cabeza ni que la guerrilla colombiana haya perdido posiciones ni que la cotización del dólar fluctúe ni que te roben cuando más tranquila estás, que es lo que me ha pasado a mí hace unas horas.

Me han robado y no me lo puedo creer. No siento más que incredulidad y extrañeza. Ha sido en el metro. No había mucha gente y no he sido muy cuidadosa; llevaba la mochila colgada a la espalda. La han abierto, han sacado la cartera y yo no he notado nada. Gracias a las fuerzas que me protegen, llevaba el billete de tren y la mayor parte del dinero en otro lugar. No se han llevado mucho. El coñazo va a ser cancelar las tarjetas de crédito y reponer los carnets.

Ironías de la vida: ¿No me gusta andar ligera de equipaje? Pues, hala, ahora estoy incluso un poco más ligera. Otra ironía: pierdo algo el día preciso de San Antonio, que siempre anda buscando cosas el pobre; lo mismo ha sido él quien se ha llevado mi cartera para dársela a alguien a quien le hacía más falta que a mí.

Tú, ya sabes, encuadra tu vida en el marco de una postal de los 50 y cuida de que no te roben. Aunque si algo han de robarte, ojalá sea material, que es más fácil de reponer.

Un abrazo,
Anda que vaya Rollo.

Madrid, 27 de junio del 2001.

Y ésta ¿qué te parece? Interesante ¿no? Desde que somos europeos, hasta los mercados de toda la vida parecen edificios de diseño en estas postales tan fabulosas en blanco y negro. Lo que más me gusta a mí es la vieja de la esquina de la derecha. Mírala de cerca. Observa su cara de guasa, descaradamente altanera ante la cámara, como si pensara del fotógrafo, *lo tuyo es peor que las paperas, bonito.*

Besos y achuchones múltiples, querida.
Antagonista y Reticente.

Córdoba, 15 de Julio del 2001.

Postal *typical Spanish* con torero y flamenca. La tela del vestido de ella es, por lo menos, de piqué y el moño que recoge su negra cabellera, de seda auténtica. De verdad. Lo más relevante de él, seguro que estarás de acuerdo,

es la protuberancia de la entrepierna; no vaya a creer nadie que con los nuevos tiempos hemos perdido los viejos atributos. ¿Por qué pensaría yo en ti y en compartir esta imagen contigo en cuanto la vi?
XOXO,
A. R.

30 de julio, 2001
Desert View, Gran Cañón: 7438ft/2267m

¿sabías que uno puede presenciar el baile del éter? sí, aplícale el significado poético a la palabra. he tirado unos 32 rollos (carretes digo) y no me canso. las madrugadas, los atardeceres, todo milímetro de faz terráquea responde a la luz de manera única, cambiante, sutilmente embriagadora. el aire, a falta de completa humedad, parece bailar ante mis ojos. subo y bajo las piedras que son rocas que son formaciones químicas, amalgamaciones indiferenciables a causa del tiempo. prométeme que cuando yo muera desparramarás mis cenizas aquí.

el silencio que lo sostiene todo me permite ignorar el chillido de niños. los padres que los engendraron como un marcador más de su estatus de clase media los tienen atados a correas retractables (ya, es para la risa, pero también son olvidables). en cambio el *click* de las cámaras japonesas me hace sonreír. por un instante queda colgado el sonido entre el espacio que separa una orilla de la otra, luego cae, perdiéndose sin eco. y el cielo Rosi, el cielo no tiene fondo – ¿cómo explicarte este fenómeno?

no es que sea tan claro (aunque lo es), o que uno pueda ver la manera que ese cuerpo azul se redondea para encontrarse con el horizonte (que es cierto que se ve). no, no es eso. es que te das cuenta que todo es atmósfera, aire. que el ente aquí parado, que las piedras rocosas, el agua del río allá abajo, todo lo que nos rodea no es más que éter en sus 10,000 variaciones (número que menciona arbitrariamente el Tao Te Ching). qué libertad saber que no soy este cuerpo contraído para que pueda ser reconocible y nombrable por otros. qué alivio saber que soy esto que ahora respiro y me marea y veo bailando fuera y dentro de mí.

te espero A.R.
no demores. estaré aquí un mes más.

30 de julio del 2001

Algún lugar en la provincia de Huelva.

La playa real no tiene la arena tan blanca ni está tan solitaria como la de la postal, pero la de la postal, por otra parte, no puede comunicarte lo que siento en esta franja de arena frente al mar en la que realmente me encuentro. La postal no recoge el calorcito en los cachetes y el ombligo, ni la cosquillita del pelo movido por el viento justo detrás de la oreja, ni el sonido del mar levemente apagado por el griterío de la gente, ni mi deseo de que sepas que pienso en ti.

lA que te extRaña.

Date: Wed, 15 Aug 2001 17:45:56
From: anarosa@restauro.com
To: charlie_be@lomani.com

Otra vez en el Purgatorio.

Acabo de volver y encuentro, entre el montón típico de *junk mail* cuando una pasa tanto tiempo fuera de casa, tus postales del *Mid-West* y el Gran Cañón. Lo que más me llama la atención es lo feliz que suenas, considerando que Alberta te abandonó para pasar a mejor vida (?) en aquel punto de Iowa cuyo nombre no especificas. Lo que más rabia me da es que tu invitación no llegara a tiempo; de haber sido así, me habría ido unos días contigo. Ya va siendo hora de que conozca Arizona de primera mano y no sólo a través de lo que tú me cuentas. Otra vez será.

Llámame (o escribe) en cuanto vuelvas; estoy deseando escucharte relatar tus aventuras y contarte algunas cosillas.

resuelta a actuAR.

Date: Wed, 22 Aug 2001 16:11:01
From: charlie_be@lomani.com
To: anarosa@restauro.com

he vuelto pero he de pasarme unas semanas en el laboratorio. he de inventar sombras y matices con las manos y la luz que proyecta la imagen del negativo sobre el papel. pensaré en ti durante las largas horas en la oscuridad: el que te hayan robado, el que te vas re-encontrando con lo nacional enmarcado por una postal cursi.

¿de dónde eres hoy, Anita descuidada?

Date: Wed, 22 Aug 2001 23:07:13
From: anarosa@restauro.com
To: charlie_be@lomani.com

Carlotita, qué alegría saber por fin de ti.
Hoy soy del Paraíso porque tú me piensas, me nombras y me escribes. ¿Y tú?

Date: Wed, 12 Sep 2001 05:13:05
From: charlie_be@lomani.com
To: anarosa@restauro.com

te escribía ayer como a las nueve cuando me llamó una amiga diciendo que prendiera la tele porque un avión había derrumbado las torres y otro había caído camino al *Pentagon*. te juro Anita que lo supe inmediatamente. no me cupo duda. tenía que ser algo inte(r)n(a)cional. me he pasado el día y la noche con los ojos pegados al CNN. la repetición de las imágenes por fin me ha distanciado lo suficiente como para comprender que nada de esto me sorprende. ¿qué se puede esperar si se veía que a éste no le importa el resto del mundo? la pena que me da es que más allá de lo simbólico de las torres, siendo emblemas capitalistas por excelencia, un gran número de los que murieron fueron personas como tú y yo. los que limpian, los que *typean* las cartas frente a una pantalla, los que llevan mensajes de un lugar para otro. ya sabes, los títeres.

por supuesto que me trajo recuerdos del otro 11 de septiembre. si entraste a la red te diste cuenta que la conexión la hicieron todos, desde Ariel Dorfman con tremendo discurso/carta hasta los pelagatos que todavía no tienen cara pública reconocible. ¿no fue Marx quien usó el espiral como metáfora de la historia? no sé cómo sentir este suceso. mi mente no puede dejar de analizar, teniendo muy presente el manipuleo emocional que ya empieza y que por lo tanto he de resistir. a la vez, no puedo dejar de responder con compasión frente a aquellas imágenes de las personas tirándose hacia el vacío para no morir quemados. ¿qué tipo de opción es esa, si por último es la muerte la que espera? ¿será que es mejor morir volando que atrapado entre cuatro murallas?

¿qué tiempos son estos que nos plantean la necesidad de distanciarnos del dolor humano para que no se nos manipule políticamente?

hoy queda lejos el cañón.

15 de septiembre del 2001

Querida Carlota,

He necesitado un par de días para digerir los acontecimientos. Como supongo que observarías en nuestra conversación telefónica, me quedé momentáneamente sin palabras. Ahora puedo por fin pensar, aunque sea desordenadamente.

Tengo la impresión de que todo ha cambiado radicalmente. O quizás no. Tal vez nada haya cambiado y sea simplemente que el potencial de la locura que estábamos creando entre todos se ha realizado. Los ataques a las Torres Gemelas y al Pentágono muestran sobre todo el peligro de vivir en un mundo tan injusto, y las consecuencias más inmediatas para nosotros (seres privilegiados) van a ser las medidas dictatoriales que, estoy segura, nos van a imponer en nombre de la seguridad ciudadana. Esto me preocupa.

No niego las dimensiones de la tragedia, aunque me pregunto si ésta habría provocado las mismas reacciones internacionales de haber sucedido en cualquier otro país. China ofrece ayuda y Rusia se une a la OTAN, que por primera vez en su historia hace uso del artículo 5, según el cual la organización se compromete a defender a cualquier país miembro que haya sido atacado. El problema es que el enemigo de momento es más o menos invisible. Bin Laden no es un país y la decisión de declararle la guerra a cualquier nación que le ofrezca refugio al tal señor puede tener consecuencias horribles para muchos. Al mismo tiempo, Israel sigue bombardeando "puntos estratégicos" en Palestina y nadie, absolutamente nadie, se atreve a hablar de terrorismo en este caso. ¿Qué pasa, que los civiles palestinos son menos humanos que el resto de los mortales? Y aparte de todo esto, está el fanatismo popular antimusulmán, del que tampoco se habla, que se manifiesta en la quema de mezquitas por todas partes. La situación es realmente preocupante, Charlie.

Es imposible predecir lo que vaya a ocurrir a corto, medio y largo plazo, pero lo que es seguro es que ahora por fin sabemos exactamente en lo que consiste ese nuevo orden mundial del que se ha venido hablando desde que se esfumó la URSS. Me pregunto si estamos muy lejos de habitar el universo que crea Octavia Butler en *The Parable of the Sower* y *The Parable of the Talents*. Las cosas están pasando mucho más rápidamente de lo que nunca hubiera imaginado. No me extrañan los acontecimientos, me extraña el momento en que se producen. La caída del Muro de Berlín me sorprendió unos diez años antes de lo que yo hubiera previsto. En cuanto al ataque a los símbolos que son las Torres Gemelas y el Pentágono, nunca hubiera sospechado que fuera a suceder durante mi vida. Todos los imperios se forman, se hacen fuertes, se debilitan y caen, pero una nunca piensa que lo que estamos viviendo en nuestro momento tiene mucho que ver con esos acontecimientos históricos. Yo por lo menos he vivido siempre con la sensación de que la historia ocurría en el pasado o en el futuro. Una tontería total, ahora que lo pienso.

El principio de curso me encuentra aún más desganada de lo que estaba al final del anterior. Yo no sé cuánto voy a durar aquí, Charlie. Me han ofrecido renovarme el contrato y aún no les he dado contestación, pero lo voy a hacer en cuanto termine de escribirte. Tú tienes razón, siempre la has tenido; quedarme sería matar la alegría que sé que tengo en algún sitio y que apenas he sentido desde que llegué a este lugar.

Un abrazo,
Analizando Rastrojos.

30 de septiembre 2001

querida leona herida,

a veces pienso que eres tú la más ingenua e idealista de las dos. ¿o será que al criarte a ese lado del Atlántico la imaginación cotidiana no incluye la violencia y lo insólito como ingrediente truncal de lo que puede ser? ¿o es que el estudio de la Historia, los grandes acontecimientos, despoja los entrampamientos sicológicos de los actores operantes en dicha Historia?

cuando Reagan invadió Granada, nadie pestañeó. cuando Ford confirmó el bombardeo de la Moneda en Chile, sólo el cubano Silvio Rodríguez grabó el evento de manera memorable y con verdadero sentir. cuando Reagan (el mismo) le dio la espalda a Argentina, ratificó las acciones de la dama de hierro, Margaret Thatcher, nadie se sorprendió (al fin y al cabo hasta habían trazado parentescos). Y cuando a Somoza, tal cual a Imelda y a Marcos (porque en mi imaginario comprenden la misma provincia de ex-colonias españolas), y no nos olvidemos de Pinochet y quién sabe cuántos monstruos más, se les dio refugio amnistía perdón permiso (lo que sea) en tierras "civilizadas", nadie parece haberse enterado. Griselda Gambaro, para mí, es la única que ha logrado representar el efecto de dichos absurdos en lo cotidiano. para la mayoría aquí parece que fuesen sólo imágenes archivables pero que nunca hubiesen tenido vida y menos ramificaciones.

pero te digo querido cachorro que mi cuerpo lo recordaba todo. al salir el presente Napoleón como presidente sentí las mismas náuseas que cuando veía a Reagan agradeciéndole a Dios bajo la bandera (¡y por la tele!). temblé, pensando en todas esas personas que sufrirían a causa de la firma que plasmaba un hombre que no puede trascender la sombra de su padre. y sé que lo que he de decir a continuación es cruel. a veces cuando lo hago corro inmediatamente ante San Francisco y me postro a sus pies junto a los animales, pidiendo perdón. en voz baja te digo que hay una parte de mí que reconoce los acontecimientos recientes como un mal necesario. es decir, ¿cómo desenmascarar a un asesino? enfrentándolo a otros asesinos.

es que alguien tenía que detener a este hombre de sicología alcohólica. si no, ¿qué hubiese sido de todos aquellos seres que todavía intentan recuperarse de las embestidas que Reagan facilitó hace veinte años? no sé, Anita, tal vez soy demasiado cruel. tal vez si me pusieran una metralleta en mano yo también sería una asesina.

por otro lado, acabo de volver de Quito y me roe la rabia. allí me dice un tipo muy blanquito, *qué terrible, qué atroz todo lo que sucedió.* no pude detenerme, Rosa, lo miré con desprecio. luego, como de lejos, me oí decirle: *tan terrible como los niños que se mueren de hambre en la plaza del frente, ¿o no?* como estábamos en compañía de gente "importante" sólo se dignó a contestar *que yo era una despatriada,* después no me volvió a hablar.

¿será Rosita, que he aceptado la violencia como variante inevitable en el proceso de cambiar las cosas? lo peor es que no sé cómo prevenir que los acontecimientos me cambien, me envenenen, me hagan no creer en el sufrimiento de los que sobrevivieron a los muertos en el bombardeo de las torres. detesto esta manipulación emotiva, motivada por el interés político de un pequeño hombre delirante. como tú, me pregunto, ¿no es lo que sucede a los palestinos un genocidio constante, paulatino y de largo metraje? puede que sea lo suficientemente lento y cotidiano como para que al final del día nos hagamos la idea de que es normal.

ya, no sé dónde voy a parar. si no sé dónde, por lo menos puedo controlar cuándo. ahora, click.

un abrazo con intenciones consoladoras, cachorro.

9 de octubre del 2001

Es cierto que corren malos tiempos. Me pregunto cuándo han sido buenos, pero tienes razón. El mundo sólo se mueve cuando le conviene a entidades muy concretas y por causas muy concretas, casi siempre económicas. Por lo que respecta a América Latina, parece haber estado claro en todos los ámbitos internacionales, desde hace al menos un siglo, que esta tierra es propiedad incuestionable del Imperio, su *backyard*. Aquí, excepto en ocasiones muy contadas, EE. UU. no ha tenido que invadir porque siempre ha logrado encontrar a ese grupito interno, encabezado por el Pinochet de turno, dispuesto a hacerle el trabajo sucio: los Somoza, Trujillo, Marcos, Batista, e incluso muchos presidentes democráticamente elegidos (ni más ni menos democráticamente que el propio *Bush the Second*), todos dispuestos a adelantarse a los deseos de sus protectores. Así que la violencia aquí casi siempre la han provocado tirando la piedra y escondiendo la mano; una violencia con frecuencia legal y, esto es lo más importante, casi invisible, carente de la espectacularidad que provoca la reacción popular. Lo de las Torres Gemelas, la manera en que se nos hizo vivirlo a todos en la mayor parte del mundo donde la gente tiene televisores, más que dolor y muerte fue el espectáculo del dolor y la muerte. Tan espectacular fue que había momentos en que parecía que estábamos viendo una de esas películas en que los extraterrestres atacan el planeta, siempre representado por imágenes específicas de la ciudad de Nueva York. Tan espectacular que, como tú misma confesabas que te pasó, no pudimos despegar los ojos de la pantalla durante horas. Pero, bueno, me estoy yendo por las ramas. Pues eso, que a quién puede interesarle (económicamente, me refiero) poner el grito en el cielo por la imposición estadounidense de dictadores en Latinoamérica, por el apoyo de esa violencia soterrada, más penetrante y por lo mismo cruel, del día a día.

También tienes razón en que tal vez sea yo la más ingenua e idealista de las dos; no me resigno, no puedo ni quiero dejar de rebelarme contra la violencia, sea del tipo que sea. Primero porque, como muy bien apuntas en tu carta, siempre son los mismos los que la sufren, los que menos tienen. Segundo, porque quiero pensar que la capacidad de raciocinio del ser humano, aquello que supuestamente nos diferencia de los animales, debe servir para algo; que en algún momento debe hacerse evidente para la mayoría que la felicidad no depende de la riqueza acumulada ni de nuestra capacidad de consumo. Quiero pensar que en algún momento será evidente para todos que nuestra identidad no tiene nada que ver con nuestras posesiones, que no somos lo que tenemos, que nuestro valor no se mide económicamente. Y quiero pensar que la inmensa mayoría abandonará esa estúpida carrera que no tiene fin, porque mientras más conseguimos tener, más inventamos necesitar. Sí, supongo que esto es bastante idealista.

En lo que no tienes razón es en creer que al otro lado del Atlántico la violencia no es parte integral de la vida diaria. Donde yo me he criado, en concreto, hemos vivido con eso que ahora llaman terrorismo, y que parece que no hubiera existido nunca antes, desde principios de los años 70; más de treinta años de bombas, secuestros, asesinatos y más bombas. Treinta más otros cuarenta anteriores, de los que fueron consecuencia los treinta siguientes, de qué te voy a decir que tú no sepas; el final de la Segunda Guerra Mundial no llevó la paz y el estado del de bienestar a toda Europa. Así que mi idealismo debe venir de otra parte, Charlie. No sé de dónde, pero de falta de familiaridad con la violencia te aseguro que no.

Bueno, qué, cuándo me visitas. ¿Por qué no os venís Francisco y tú el próximo fin de semana y resolvemos todos los problemas del mundo frente a buen yantar y buen vino?☺ Ya ves, tendremos que admitir que nosotros también contribuimos a la perpetuación de la violencia porque, si la riqueza del mundo se repartiera equitativamente entre sus habitantes, nosotros también estaríamos en el grupo de los que saldrían perjudicados. Y eso no.

Te dejo que, si no, ya verás cómo acabo. Gracias por tu abrazo, Corazón. Otro enorme para ti.

reina de 1A contRadicción.

Date: Mon, 15 Oct 2001 07:09:34
From: charlie_be@lomani.com
To: anarosa@restauro.com

querida,

anoche vi el dolor a cámara lenta. pensé que era una de esas películas de guerra que se generaron tanto en algún tiempo pretérito: *Apocalypse Now, Platoon, Deer Hunter,* etc. pero no, no era una película. NBC, magistralmente puso en cámara lenta los esfuerzos de los bomberos que intentaban controlar los sucesos y las reacciones de terror de los "espectadores."

el film/video es tan diferente a la fotografía. el *freeze* de la foto te permite llevar de la mano tus propias ruminaciones que claro, pueden ser más atroces pero son tuyas. en cambio el film/video no te da tiempo, ahí estás, atrapada en el detalle que se desenrosca en otro y otro, ajeno a ti pero forzándote a ser testigo y lo eres porque apagar el aparato sería como darle la espalda a un moribundo que llama tu nombre. sin embargo y lo más "contradictorio" es que una vez se acaba el film/video, tú testigo, tú espectador, tú participante excedente de los sucesos tienes que seguir a pesar de ti, por ti y por lo que tanto se dice querer: la vida.

hoy hago gestiones para ir a Colombia. conocí una investigadora que quiere incluir la foto documental en su próximo proyecto. voy a echar un *looking* y vuelvo para pasar las navidades con los viejos.

ten el ojo puesto en esas contradicciones reina. ¿no son ellas las que destacan nuestra humanidad? ¿o es esa una premisa contemporánea procedente de la ola *pop-psych*, que al fin y al cabo nos perdona toda flaqueza moral?

a Barranquilla me voy.

7 de noviembre del 2001
Sigo aquí y no sé por qué.

Este lugar me está matando. Poco a poco, con la lentitud característica de las torturas más crueles. Se están muriendo mi alegría, mi espontaneidad, mi interés en los otros. Todo a mi alrededor son actos perfectamente calculados para lograr fines establecidos de antemano. Parece que a nadie le importan los demás; del prójimo sólo importa lo que tiene que ofrecer. No me encuentro. Quizás estoy siendo injusta. Es posible que no sean ellos sino yo, mi reacción a una manera de entender y relacionarse con el mundo que no es la mía y me deja fuera. Me siento como un globo flotando en el vacío sin raíces ni puntos de referencias. Ya sé que tú estás ahí, tú y otras personas que me quieren, pero estáis todos demasiado lejos, en un espacio que no toca mi rutina diaria, la realidad de mi quehacer cotidiano en el aquí y ahora en los que me encuentro.

¿Cómo se puede estar tan ocupada que no te queda tiempo para la reflexión y al mismo tiempo tan aburrida? Pues así estoy exactamente; aburrida de reuniones interminables que no tienen ninguna razón de ser porque las decisiones se han tomado de antemano; aburrida de alumnos que no tienen interés ninguno en aprender, estudiantes a los que lo único que los mueve es el deseo de sacar la mejor nota posible con el menor esfuerzo; aburrida de colegas que sólo actúan cuando hay algo que ganar, profesionales del conocimiento con una sorprendente falta de pasión intelectual; aburrida de escribir cartas e informes que sólo se tendrán en cuenta si corroboran el plan de acción previamente establecido; aburrida de cenas de trabajo en las que ni se trabaja ni se cena; aburrida de un orden de cosas que pocos parecen dispuestos a cuestionar porque, mientras la rueda siga girando sin que nos tumbe, nos vamos librando de que nos identifiquen como *loosers*. Y aburrida, sobre todo, de este frío que se me empieza a meter en los huesos por estas fechas y sé que no me abandonará hasta mayo.

Está decidido, Charlie; en cuanto termine el contrato me voy a mi tierra. No tengo ninguna ilusión de que las cosas vayan a ser muy diferentes allí. A fin de cuentas, ese país es cada vez más parte del mismo engranaje que ha ido desarrollando esta cultura y por tanto va adoptando cada vez más estos mismos modelos culturales. Pero es lo mío; allí están mis raíces, gente a la que no tengo que explicarle mis orígenes porque me conocen desde que llevaba trenzas y zapatos Bonanza, mi familia, mis primeros amores (y no sé hasta qué punto esto es una de las cosas más importantes) inviernos menos grises, llenos de bares y cafeterías acogedores donde la gente se congrega y se da calor y compañía, aunque ni siquiera sepan que es eso lo que hacen.

Me he puesto a escribirte para ver si me motivo y termino la ponencia para el congreso de LASA. El aburrimiento y el cansancio me han hecho ir posponiendo este trabajo y ya no puedo dejarlo más.

Gracias por escucharme, Cari; no puedes ni imaginar lo muchísimo que significa para mí.

almA Rota en mil pedazos.

7 de noviembre 2001
un pueblo de Colombia

querida Rosa del alba,

¿por qué será que al amar se siente una terrible tristeza? está uno volando, los sentidos capaces de abarcarlo todo, aún así el dulce dolor de la tristeza lo subyace todo. ¿o será que esto sucede sólo en este continente, vestido todavía de luto, llorando a sus hijos desaparecidos, sus hijas hambrientas, avergonzándose de la negra que vende mangos, negándole el salario a la india lavandera?

sacaba fotos en un pueblo chico cuando la lente enmarcó un par de ojos moros que me dejaron atónita. quién sabe cuántas fotos le he sacado ya. fotos que acentúan la vulnerada línea de su clavícula, otras que revelan el goce del sol jugando en su espalda. y las fotos nocturnas, para qué decirte... yo prefiero el amor en la madrugada pero a su lado cualquier hora era un amanecer.

sin embargo llegó ese día Ros-ana que me retornó a la cotidianidad. sacó, de no sé dónde, un uniforme y la metralleta. sentirme traicionada hubiese sido un sentir terrible, aunque tal vez preferible. mas sentí que yo traicionaba a mi sangre, a mi memoria, a aquellos que mueren por salir de debajo de esta violencia que debilita a este país. cuando cerró la puerta pensé en tus palabras Rosi. yo sí he dejado de rebelarme contra la violencia. de hecho la perpetúo con cada foto, con cada excusa que me doy por tal y tal levantamiento. la acepto sin crítica y cuestionamiento. el raciocinio es el signo de mi falta de imaginación. no puedo imaginarme otra manera de hacer las cosas. y lo peor es que hay un discurso muy contemporáneo, muy *zen-chic* para ésta, mi posición de perpetuadora: *todo tiene su lugar y su razón cuando se contesta sinceramente al momento.*

es el momento, ese momento el que te pide que ames la cicatriz dejada por una bala, un cuchillo, un golpe de piedra en la nuca a causa de una confrontación cualquiera contra el estado, contra el dictador, contra la oposición, contra contra contra. pero cuando ese momento con las mismas cicatrices se viste de uniforme, ¿qué? Rosi. siento vergüenza, he amado a un hombre que maneja el poder con mano de fierro. me he dejado llevar por un cuerpo que cuando desnudo es tan frágil como los que voy buscando con la cámara. si sólo pudiésemos caminar por el mundo desnudos. no tendríamos fuerzas para matar, Rosi.

mañana vuelvo a Nueva Inglaterra. tal vez la nieve congele esta tristeza, impidiendo que el amor se apodere de mí como si fuese una enfermedad.

Cuernavaca, 20 de noviembre del 2001

Querida Carlota:

El congreso termina hoy, pero voy a quedarme un par de días aprovechando las vacaciones de *Thanksgiving*. Me quedo sobre todo porque me siento feliz; estos días pasados han sido tan bonitos y gratificantes que debo procesarlos con calma, antes de volver al frenesí del correo electrónico, los mensajes en el contestador, la correspondencia acumulada en el buzón, etc.

No sé exactamente lo que ha sido; qué ha provocado en mí estos sentimientos de felicidad, plenitud, comunión total con la naturaleza, agradecimiento de estar viva, maravilla ante la calma y la belleza de las que me siento rodeada y que se me meten por todos los poros. Esto no es poesía barata, Charlie. No es ni siquiera el reflejo exacto de mi estado. Las palabras no pueden captar la magnitud del sentimiento, o al menos yo no sé cómo juntarlas para que lo hagan.

Quizás haya sido la hermosura del lugar, dulce droga para la vista; la textura y los sonidos de este tiempo primaveral que excitan el tacto y el oído; la tranquilidad de no tener otra responsabilidad que pensar, sentir, comer y tomar estos exquisitos zumos naturales bajo el cielo limpio y alto de esta ciudad que tan familiar me resulta en medio de su extrañeza. La familiaridad de lo que sé, a pesar de la misma, extranjero: arquitectura que me recuerda pueblos y ciudades de la infancia; la gente que anda por la calle hasta las tantas de la madrugada y cena tarde; los adolescentes que se buscan y se persiguen sin descanso; la música que invade las calles; los sonidos, muchos de los cuales me traen retazos de otros momentos de mi vida; y la luna llena.

El congreso también ha estado mejor de lo que esperaba. Hubo algunos trabajos interesantes y tuve un par de conversaciones enriquecedoras en las que surgieron temas que me gustaría explorar en el futuro. Mi sesión quedó bastante bien a pesar de que la tercera ponente no apareció, o precisamente por eso; tuvimos más tiempo para la discusión y hubo ocasión de compartir ideas de forma distendida.

No puedo dejar de pensar en cómo voy a sentirme cuando vuelva al ritmo frenético de mi vida en Vermont, aunque sólo me quedan un par de semanas allí. Pero empiezo a pensar que la respuesta depende en gran parte de mí. No me volveré loca si no dejo que las cosas me vuelvan loca. La vida es demasiado hermosa y demasiado corta para vivirla enajenada. Creo que estoy empezando a despedirme de *New England* y que la despedida ha de ser para siempre.

Si decido quedarme por ahí en Navidad, paso a verte.

P. D.: Perdona que no conteste tu pregunta. No te estoy ignorando; es que hace mucho tiempo que no amo y se me ha olvidado lo que se siente. Cómo será la cosa que tu encuentro con el guerrillero colombiano me suena a truco literario.

Date: Wed, 28 Nov 2001 24:03:12
From: charlie_be@lomani.com
To: anarosa@restauro.com

A.R.

las noticias tuyas que recibí desde Cuernavaca han sido alentadoras. volver a la cotidianidad "liberal" de estas tierras puede ser desconcertante. sin embargo, pensarte más contenta es un alivio. se nota que vas recuperando el sentido del humor.

la postal que me mandaste con los tres turistas es absolutamente chistosa. parodia total. los lentes grandes, crema
protectora cubriendo la nariz, sonrisa producto de una borra-
chera perpetua y esos trajes de baño – por favor, ¡alguien
préstele un poco de pudor al panzón ese!

lo más divertido es el trasfondo: los dos mejicanos (materia
prima de primera) apoyados en un poste, mirando el espectáculo con una sonrisa de Mona Lisa en los labios. fabuloso.

gracias por compartir ese cachito de sol.

Date: Sat, 8 Dec 2001 06:12:07
From: charlie_be@lomani.com
To: anarosa@restauro.com

gracias por la llamada de anoche, bálsamo de albahaca. lo
que más me cuesta es perdonarme por haberme dejado llevar por una mirada. es como si de repente me creyera lo
que construyo a través de la lente. el fulgor de la mirada, la
sonrisa melancólica de poeta desarraigado. ya sabes, el paquete de hombre revolucionario. pero como bien me lo re-
cordaste, eso lo impongo yo sobre mi sujeto. ¿cuándo has
visto que el tiempo se detiene para que exista el momento?
¡nunca, eso no sucede! ese es el pozo en el cual cae el/a
fotógrafo/a –éste/a se zambulle en la oscuridad de la mirada, creyendo que tocará fondo, que su sed por algo verdadero ha de satisfacerse cuando en ese fondo encuentre un bu-
chito de agua. no obstante, A.R., lo verdadero no yace en el
rostro, máscara tallada a la voluntad del que se lo pone a
diario. no. es la vestimenta del oficio lo que lo revela todo.
revela lo que aceptamos, cómo nos inventamos dentro de los
parámetros de lo que aceptamos. y lo hacemos por temor,
flojera, duda, odio y por qué no decirlo, lo hacemos por la
estupidez que nos hace creer que sirve de algo aquello por
lo cual nos disfrazamos.

pero no te preocupes, yerba buena, el siglo XXI se desenrosca a pesar de nosotros y nos ha de iluminar la carretera
que hemos escogido.

Date: Wed, 12 Dec 2001 23:15:03
From: charlie_be@lomani.com
To: anarosa@restauro.com

Anita,

hoy recibí una sorpresa que pienso debería compartir contigo. esta mañana llega Francisco con una trigueña despam-
panante. ya sabes una de esas con piernas esculturadas
por el tanto caminar con tacones de plataforma. y de remate
con unas nalgas por las cuales hubiese caído Troya (si no
hubiese sido por esas túnicas que lo escondían todo). bueno, la cosa es que entra Francisco y me la presenta como *mi
amiga de infancia, la Carmencita*. sabes que cuando tú no
estás yo a Francisco me lo observo de lejos porque le encanta hacer chistes a costas de los demás. resulta que entre
ellos tuvieron una conversación donde todo lo presente era
excedente. es decir, que querían un/a espectador/a que fin-
giera un poco de interés pero que en realidad los protagonis-
tas de la escena eran ellos. se contaron de todo, desde
aquellos recuerdos remotos de la niñez hasta lo más reciente
(noté que Francisco no mencionó las escapadas a trío que
tanto gozamos los tres el año pasado). Rosi, tal vez deberías prestarle más atención al Francisco. parece que empieza
a ponerse inquieto en tu ausencia.

te abraza tu amiga que siempre te recuerda.

Date: Thu, 13 Dec 2001 10:11:13
From: anarosa@restauro.com
To: charlie_be@lomani.com

Desde luego Francisco no tiene desperdicio. Pero no creo yo
que fuera a verte con la amiga de la infancia sólo para usarte
de testiga y reportera; algo más querrá de ti☺. Un día de estos, vamos a tener que raptarlo y recordarle lo que puede
llegar a perderse en la vida si se decide a caminarla del brazo de una Carmencita cualquiera.

20 de diciembre, 2001

Querida Carrasquita,

Daría cualquier cosa por ver tu cara cuando recibas esta postal que reconocerás inmediatamente. Efectivamente, estoy en Antofagasta, aunque todavía no me he acercado a ver ese magnifico arco natural de rocas en medio del océano que recoge la postal.

Perdona que no te haya avisado. Lo de venir fue una decisión totalmente repentina. Después de este último año, tenía que hacerme un regalito. Así que decidí hacer realidad una vieja fantasía; ese viaje que me lleva tentando desde que escribí aquel artículo sobre el auge de las salitreras en Chile y su fulminante desaparición con el descubrimiento alemán del nitrato. Y aquí estoy; dispuesta a enfrentarme con todos esos pueblos fantasmas que salpican las orillas de la Panamericana. Estoy encantada. Mañana salgo para Calama, alquilo un coche (espero que tenga aire acondicionado) y a rular. No te imaginas la ilusión que me hace.

Cuéntaselo a Francisco y dale un abrazo de mi parte. Dile que ya lo llamaré cuando vuelva a *New England*. Le escribiría una postal, pero esta experiencia sólo quiero compartirla contigo.

Besos,
historiAdoRa europea formada en estados unidos en busca de ruinas por latinoamérica. mi originalidad es, como ves, abrumadora.

27 de diciembre, 2001
María Elena, pueblo deprimente del Norte Grande

Bueno, Charlie, de María Elena te hablaré en otra ocasión porque esto requiere carta aparte.

En Calama tuve que quedarme un par de días porque no encontraba un coche con aire y, bueno, tú sabes el calor que hace aquí. Anteayer por la mañana, ya instalada en mi autito del primer mundo, me puse en marcha, dispuesta a encontrar no sé qué. Pasé de largo por Chuquicamata y paré en Chiu Chiu, que es un pueblo pequeñito con iglesia, medio dormido y medio deshabitado; no más pequeño, dormido o deshabitado que muchos pueblos castellanos, así que no me llamó grandemente la atención. De allí salí a la Panamericana y tomé rumbo norte, en busca de todas esas concentraciones humanas que habían surgido en torno a las salitreras a principios del siglo pasado y de las que, según mis lecturas, sólo quedaban piedras. Qué depresión, hermana. Un lugar tras otro recordándome la precariedad de la existencia y lo irremediablemente expuestas que están nuestras vidas a contingencias sobre las que no tenemos control ninguno.

Es mentira; mucho de lo que aprendí en todas esas lecturas lo es. No es verdad que sólo queden piedras, Charlie; quedan muertos, muchos muertos. De hecho, los cementerios son lo que mejor se conserva por aquí. Que yo viera, había tres casi intactos: el de Santa Isabel, el de Buena Esperanza y otro enorme que parece que nunca acabó de llenarse y que era el de un sitio llamado algo así como Prosperidad o Rica Aventura. Huelga comentar la ironía de los nombres. Cementerios intactos junto a montículos de piedras y adobes que indican que allí ha vivido gente: allí han comido, reído, odiado, amado y, sobre todo, trabajado hombres y mujeres cuyo sudor se tragaron las arenas del desierto; hombres y mujeres venidos de todas partes, quizás con la ilusión de poder ofrecerles a sus hijos un porvenir más amable que el suyo propio. En Buena Esperanza, vi la tumba de una mujer arjentina (escrito así con *j*), conservando su identidad de extranjera hasta después de la muerte; vi otra de una niña de doce años y un cajoncito de bebé que, cualquiera sabe cómo, había sido desenterrado. Me pregunto lo que tardará en mezclarse con el polvo que lo rodea a partir de ahora, expuesto como ha quedado al sol abrasador del Norte Grande. Y vi un panteón, el único en todo el cementerio. Supongo que la muerte debió sorprender aquí a alguno de los ingenieros. Tenía un agujero enorme en la parte inferior, como si lo hubieran vandalizado. Por el socavón sólo se veían unos zapatos negros de hombre, perfectamente alineados y, como mi alma en este instante en que te escribo, polvorientos.

He sentido miedo, rabia, dolor y más miedo. No sé si voy a poder dormir. Este residencial de María Elena en el que estoy ha resultado ser uno de ésos en los que sólo se quedan los trabajadores de la mina que vienen de Bolivia y otras aldeas perdidas de esta zona de nadie que es Chile pero no. Me siento apabullada y como al acecho, con una vaga sensación de estar en peligro que, estoy segura, la produce el exceso de testosterona que permea el aire que respiro. No me he atrevido a ducharme ni a lavarme los dientes en el mismo baño que usan todos esos hombres desnudos de cintura para arriba, que fuman y charlan tranquilamente en corrillos de cuatro o cinco. Me miran como sospechando mi miedo y sonríen de una manera que a mí me parece burlona. Mi miedo me avergüenza por la conciencia de que puede ser producto de un clasismo por mi parte que jamás hubiera sospechado. Pienso en todos los emigrantes del mundo, en todos los que se ven obligados a dejar el lugar en que nacieron para ganarse la vida, y pienso en los que querrían pero no pueden salir; todos sospechosos para turistas intelectuales que, como yo, piensan que lo que ellos hacen no es turismo. ¿Por qué se me ocurriría venir aquí, Carrasquita? Hay cosas de una misma que sería preferible no averiguar nunca.

Mañana a primera hora me vuelvo para Calama, si es que sobrevivo esta noche. Es posible que me pare a almorzar en Chuquicamata, aunque me aterra la idea de enfrentarme a otra ciudad minera, por muy boyante que ésta esté por ahora (todo el mundo habla de su tamaño; dicen que es tan grande que puede verse desde el espacio, como la Muralla China). Después, me voy derechita a San Pedro de Atacama. Necesito hacer el recorrido de los turistas, el que no daña, el que sólo ofrece la belleza alucinante del paisaje y la cara amable de los que viven de esta industria, cuyas marcas y cicatrices son mucho menos visibles e hirientes. ¡Qué distinto sería todo si estuvieras aquí! Seguro que me habrías avisado. Aunque me está empezando a parecer que esta experiencia tenía que vivirla yo sola conmigo misma. Perdona, Charlie; te juro que empecé esta carta con la intención de que fuera simplemente descriptiva.

Saluda a Francisco, pero no le digas nada de esto; él se burlaría de mí hasta la crueldad.

lA que no tiene nombRe.

Date: Wed, 2 Jan 2002 09:45:01
From: charlie_be@lomani.com
To: anarosa@restauro.com

A.R.

te escribo con gran consternación. Francisco se ha ido.

quería esperarte pero se sintió mal (disculpa la palabra tan insuficiente para decir lo que te tengo que decir).

sucedió después de haber compartido una tarde donde analizamos, descuartizamos, desarmamos las noticias que acontecen aquí. el pequeño jefe habla que habla acerca del *axis of evil* y llega el momento en que todo parece un juego de video o un libro de fantasía donde se despliegan brujas dragones y princesas inútiles o peor, parece una película de los ochenta cuando todo era *Rambo* y había que (porque se podía) sacarle la mierda a los demás.

la cosa es que entre el fumar, el café, la tele, la discusión apasionada, se confundieron las cosas. al día siguiente después de las disculpas que son parte del guión de estos *happenings* y las explicaciones entramadas que no explican nada, decidió (Francisco digo) irse. me pidió que yo tomara la decisión de si decírtelo o no.

no sé que más decirte. pero de que tenía que decírtelo no me cupo duda.

Madrid, 20 de enero del 2002

Carlota querida,

Qué extraña fue esa última visita sin la presencia de Francisco. Es curioso, aunque me habías avisado de su marcha, tuve la sensación durante todo el tiempo que pasamos juntas de que iba a aparecer en cualquier momento con el cigarro en la mano, la sonrisa burlona en los labios y uno de sus comentarios filudos sobre nuestra amistad o cualquier desacuerdo político. Lo cierto es que ha sido tan parte de nosotras que me cuesta imaginarnos sin él. Además, que lo quiero, coño, y no haberme podido despedir de él y pensar que puede pasar mucho tiempo sin que vuelva a verlo me duele.

Tú debes haber estado sintiendo algo parecido porque a veces volvías la cabeza sin venir a cuento y estabas medio distraída; tus grandes ojos sin poder encontrar un punto de referencia al que agarrarse. No te sientas culpable. Estoy segura que su decisión de levantar el campamento que había establecido en Connecticut y salir corriendo tiene poco que ver con ese último (des)encuentro que tuvisteis. Es verdad que hay veces en que no somos conscientes del impacto de nuestras palabras en los demás y que éstas pueden ser el arma más poderosa con que contamos los que nunca nos atreveríamos a hacer daño físico, pero también lo es que Francisco es el mayor terrorista de las palabras que he conocido en toda mi vida. ¿Recuerdas aquella vez que quería hacerme responsable, por ser española, de la conquista, la colonización y todos los males posteriores de América Latina? La crueldad en su sonrisa y sus ojos chispeantes cuando me lanzó, *te duele, ¿eh? Eso es buena señal.* La misma que tenía cuando te asaltó a ti con aquel comentario, totalmente extemporáneo en medio de una conversación insustancial sobre comida: *tú no eres más que una de esas gringas en busca de identidad.* En fin, ése es Francisco y así (o a pesar de eso) lo hemos querido siempre. Espero que se digne a ponerse en contacto y nos mande su dirección.

Yo ya estoy aquí, ocupándome de momento sólo de lo más práctico e intentando deshacerme de esta sensación de provisionalidad que me invade. Es como si no acabara de creerme que he venido para quedarme. Buscar piso, instalarme y trazarme un plan de acción para los próximos meses se me antoja una especie de juego, a veces desafiante y siempre divertido, que no tendrá grandes consecuencias. Nunca hubiera imaginado que éste iba a ser el sentimiento dominante en los primeros días tras una ausencia de 7 años. Es como si el cerebro se resistiera a registrar la decisión de cerrar esa etapa de mi vida que nunca estará del todo cerrada porque tú eres parte de ella.

Te escribo en cuanto esté más establecida.
A. R.

1 de febrero 2002
Barranquilla, Colombia

> *ya adivino el parpadeo de las luces a lo lejos*
> *que van marcando mi retorno. son las mismas*
> *que alumbraron con su pálido reflejo hondas*
> *horas de dolor. y aunque no quise el regreso*
> *siempre se vuelve al primer amor.*

¿te has dado cuenta A.R. que cuando uno recuerda la letra de algunas canciones, éstas en sí no tienen sentido? el recuerdo, la memoria en sí, a menudo, carece de razón de ser. son nuestras ataduras, todo aquello que sostiene el recuerdo, que abulta la memoria, lo que encadena el tiempo, impidiendo que nos enfrentemos al momento con completa ilusión ante lo posible.

> *tengo miedo del encuentro con el pasado que*
> *vuelve a enfrentarse con mi vida. tengo miedo*
> *de las noches que pobladas de recuerdo*
> *encadenen mi soñar.*

has vuelto a quedarte, rica, déjate de dudas, de incertidumbres y melancolías. no te asientan. empañan esos ojos azules que prefieren entretenerse con el vaivén de las olas (aunque en Madrid no las encuentres). recuerda lo que dijo aquel aspirante a guru del bienestar: *todo paso es una red de posibilidades.* bueno, tal vez sea mejor que no lo recuerdes, sobre todo porque no podíamos dejar de reír. Francisco machaca que machacaba la imitación "en vivo y en directo." nos tuvieron que echar

del recinto. qué vergüenza, tú. ¿viste mi acentito caribeño?

no dejes que te engañe, volver a este lado de la frontera
me es siempre desgarrador, pero he de ser consecuente,
como tú al encontrarte contigo misma.

> *volver, con la frente marchita. las nieves del*
> *tiempo platearon mis sienes. sentir que es un*
> *soplo la vida. que veinte años no es nada, que*
> *perder la mirada, errante en la sombra, que*
> *busca y te nombra...*

vuelvo la próxima semana. ahora empieza el trabajo en
el laboratorio.

14 de febrero del 2002

Los trucos que nos hace la memoria, Gardel y las vueltas posibles e imposibles. Una vez más, parece que pensamos en cosas similares al mismo tiempo, menos Gardel. He estado rumiando esto en los últimos días y me
parece que volver es siempre imposible; vuelves a un
lugar que ya no es, no puede ser, el mismo que dejaste
porque tú no eres la misma persona que se fue, los demás tampoco son los de antes y todo lo que ha sucedido
mientras estuviste ausente se amontona para darle un
perfil visiblemente diferente a ese sitio al que llegas de
nuevo. Y, sin embargo, todo es siempre un poco lo mismo. Depende del día que tengas y del humor que estés,
te aferras a lo más permanente (lo que todavía es como
era) o a lo más cambiado (lo que te sorprende encontrarte precisamente allí) y no puedes ver más que uno de
los dos lados. Así llevo más o menos desde que llegué,
un día sintiendo que no reconozco nada de lo que me
rodea y el siguiente pensando que aquí nunca cambia
nada.

Lo que no ha cambiado mucho es la cantidad de tiempo que se necesita para hacer cualquier gestión; no sólo porque la burocracia, aunque menos ahora, sigue fuertecita. También porque entre el aperitivo del mediodía, el café de la tarde y la copichuela de la noche (otra constante), al final tampoco queda tanto tiempo. Hasta ahora, he logrado encontrar un piso estupendo y no excesivamente caro por el centro, hacerme el carnet de investigadora para la Biblioteca Nacional, conseguir la tarjeta de la Seguridad Social y buscarme chapuzas con las que sacar lo suficiente para ir pagando las cuentas. He decidido que no quiero un trabajo al que tenga que dedicarle la sangre y la piel, así que voy a intentar sobrevivir con algunas clases particulares aquí y allá, alguna traducción y poco más. Viviré en la pobreza, que siempre es más fácil cuando una es profesional y tiene el tipo de amigos que viven más o menos (más) bien porque tienen trabajos más o menos (más, considerando lo que hay) bien pagados. Y ya veremos lo que pasa en los próximos meses. He solicitado una beca del CSIC que sería ideal, pero no tengo muchas esperanzas de conseguirla. Si la consiguiera, amiga, qué pasote, podría estar dos años enteritos dedicada al estudio sin tener que preocuparme de dónde iba a venir el dinero para la próxima cuenta. Deséame suerte.

Hablando de vueltas que lo son y no lo son al mismo tiempo, ¿has sabido algo de Francisco? Si se pone en contacto contigo, dale mi dirección y dile que lo sigo queriendo.
Hasta pronto, Corazón.

andAndo Resuelta.

23 de febrero 2002
Hartford, CT.

bueno A.R.,

mis viejos se divorcian. vine a visitarlos antes de irme a
Mérida, México. la sede universitaria en Mérida me
contrató para que les ayudara a diseñar el catálogo destinado a atraer estudiantes estadounidenses. llegué a
casa de los viejos de lo más contenta. les traía las postales que mandaste del norte y las de Junie que durante
los mismos meses estuvo por el sur. nos sentamos en
esa mesa octagonal que tanto le encanta a mamá. estuvimos conversando, recordando los caminos de Chile y
el terruño que dejaron. de repente el viejo carraspeó
violentamente y se tragó un pisquito. mamá se levantó
inmediatamente y puso la tetera para el mate. ya sabes,
indicadores obvios de que algo andaba mal. una vez
estuvimos todos sentados nuevamente, el viejo suelta la
noticia sin ningún pero.

por un instante me sentí una huacha más de las Américas. sobre todo cuando agregaron que los dos volvían a
Chile. mamá se va a Puerto Montt a vivir con su hermana viuda y el viejo vuelve a Valparaíso. parece que
el abuelo vuelve, a su vez, al Líbano y le deja el negocio
de alfombras.

lo loco Rosi es que mamá me dice un poco después, en
"privado", que el viejo se va con una gringa más joven.
¡Imagínatelo, el viejo con una gringa! me enfrenté sin
más al desgraciado. después de tanto enseñarme que
uno tenía que resistir, que había que mantenerse fiel a
los orígenes, etc., él va y lo deja todo por una secretaria
gringa. qué absurdamente típico. por lo menos deja
todas las ganancias de la venta del negocio y de la casa
a mamá. lo único que no compartirá es lo que le deja el

abuelo en Chile.

bueno reina, ya no escribo más. así son las cosas. la ciudad de Hartford cesa de ser el lugar del eterno retorno. ahora que lo escribo respiro mejor. ciudad más fea, he visto pocas.

espero que ya te estés asentando en tu patria.

6 de marzo 2002
Mérida, México

reina,

el sol y la humedad de Mérida pueden ser debilitadores pero ya me voy acostumbrando. aquí tienen una industria de cáñamo sostenida por las maquiladoras, dedicada, parcialmente, a diseñar ropa muy "caribeña" que obviamente le gusta a los turistas. caminar estas calles es caminar una coyuntura donde se juntan la cultura maya, el legado colonial y la industria turística. ninguno de los tres muy a gusto con el roce del otro tan cerquita. pero parece no quedarles otro remedio que ser parte del engranaje mayor: el empuje hacia una semi-autonomía de ese otro México t(r)an(s) continental.

estoy en un hotel de principios del siglo pasado con grandes escaleras que dominan la vista en cuanto uno cruza el patio tras el umbral. en cada esquina hay candelabros de hierro, cuyas columnas parecen tallos de tulipanes de lo recto que son. sin embargo, se abren como flor de loto y en cada punta de pétalo tienen unas ampolletas a colores, chiquititas. el techo de mi habitación (tercer piso) es alto, altísimo y el balcón se abre a la plaza de la iglesia que está al frente. para llegar a la habitación camino unos pasillos abiertos por un lado para poder ver el jardín central de la "casa" donde han puesto un pequeño café, muy íntimo. allí los invitados por las noches se toman su tequila, café, jugos semitropicales y cosas por el estilo.

me sorprendió el calor, ya que todavía estamos en invierno en el noreste. la piel inmediatamente se oscureció y ante el espejo me volví a encontrar. hace unos días que noto que me tratan como a una de aquí, de las que no merecen mucha atención porque parezco india mestiza. no estaba contando con tal reacción. es mejor en cuanto a que no me están mirando a cada rato pero se me hace más difícil conseguir que me permitan sacarles fotos. creen que soy una mexicana del D.F., creyéndose "sofisticada" y haciendo turismo de los lugares "nativos" de su propio país. me recuerda lo que dijo Guadalupe de los del D.F: *se han convencido que no hay nada que no empiece y termine en Mexico City, por lo tanto son siempre turistas en el resto del país.*

anoche me invitaron a la casa, ahora restaurante, del famoso poeta yucateco Andrés Quintana Roo, que a propósito no se pronuncia Ru, como me corrigieron muy escuetamente, sino que Ro-o. (mierda, mis años en la USA me hacen tropezar cuando menos lo espero, avergonzándome sin misericordia). menos mal que en el restaurante me recuperé, ya que conocía todas las canciones que cantó el guitarrista. eran aquéllas que nosotros cantábamos con Francisco cuando nos poníamos melancólicos y solidarios con los que alguna vez fueron revolucionarios en estos países. hoy, esas mismas canciones aseguran que los turistas abrirán los bolsillos intentando apaciguar esa añoranza por tiempos irrecuperables.

en el silencio entre una canción y otra me di cuenta que las cosas ya han cambiado irreversiblemente.

9 de marzo del 2002

Entre unas cosas y otras se me han ido pasando los días.
Sigo acostumbrándome, aunque no me doy mucha tre-
gua. Estas semanas de atrás, se presentó Gabriela con
una propuesta a la que no me pude negar. Me dice, *he
encontrado un viaje a Londres por 150 euros, vámonos a pasar el fin de semana a casa de mi ex*. Lo que te decía de los
amigos, las conexiones, etc. Total que allí nos plantamos
y de allí acabo de volver. Una ciudad muy bonita, pero
no es eso lo que más me ha llamado la atención.

Sabes que me despierto pronto por las mañanas, así que
aprovechaba las horas en que todos estaban todavía en
la cama para ver la televisión inglesa y tomarle el pulso
a lo popular en ese país. Y eso es lo que más me ha sorprendido, más que la elegante belleza de Londres; la televisión. Si no hubiera sido porque hablaban inglés con
acento británico, habría podido pensar que estaba en
cualquier parte. Todo igual; los mismos *talk-shows*, los
mismos anuncios. Entre los reencuentros de familiares o
amigos separados en el pasado por circunstancias fuera
de su control, el alcoholismo, el acoso sexual y la violencia doméstica de los *talk-shows* y algún que otro pro-
grama de recetas de cocina o bricolaje se les va media
mañana en las cuatro cadenas públicas que tienen.
Charlie, el mundo (por lo menos el primero) aprende los
mismos valores, miedos y prejuicios y, por consiguien-
te, está totalmente uniformado. La gente tiene la misma
pinta aunque sea de razas diferentes (sólo la clase social
se manifiesta en los kilos que le sobran o le faltan a cada
uno); lleva la misma ropa (más cara o más barata, más
progre o más pija, dependiendo de la máscara elegida y
de las posibilidades económicas); dice las mismas cosas
(las que oye repetir hasta la saciedad en los medios de
comunicación) y se conmueve con las mismas historias
(las que provocan la lágrima fácil). Igual en Europa que

en Estados Unidos. Lo gracioso es que por este lado del charco, además, se piensa que allí, en los USA, todo es siempre peor; el patriotismo desmedido, el racismo que no se acaba, la fealdad de la pobreza en medio del gran poderío económico, la falta de conciencia crítica, la ignorancia galopante de *middle America*. Nosotros, por supuesto, somos más sofisticados; por algo somos la vieja Europa. Supongo que aquí como allí los humanos necesitamos encontrar fórmulas para sentirnos mejor con nosotros mismos y con la *fucked up* sociedad que nos rodea.

Hablando de *fucked up things*, me resulta difícil asimilar la noticia del divorcio de tus padres. Aunque bien pensado, tal vez esto sea lo mejor para los dos. Tu madre lleva años añorando Puerto Montt y es posible que los paisajes de su juventud y el reencuentro con su hermana le aporten en estos momentos mucho más que una convivencia forzada con un hombre que parece haber decidido vencer el miedo a la muerte yéndose con una jovencita. Y tu padre, ojalá le dure la novia y le aproveche. ¿Por qué será que la mayoría de los hombres no se atreven a dejar a una mujer hasta que no han encontrado a otra, generalmente más joven y más rubia? No sé por qué asumo que esta gringa en cuestión es rubia; será porque tantísimas (más de bote que naturales, pero bueno) lo son. Tú no le des muchas vueltas; ambos son mayores y saben lo que se hacen.

Si Hartford deja de ser nido para ti, dónde vas a vivir cuando vuelvas de Mérida. Tenme al tanto. Yo ya sabes que seguiré por aquí, donde ya no se le canta a la revolución ni siquiera para atraer a turistas con mala conciencia.

decidida A Resistir.

30 de marzo 2002
vuelta y despedida de Hartford

Rosa, no pude resistir, tuve que mandarte esta postal del *downtown* de Hartford. todo edificio un testimonio del mecanismo que encalilla al ciudadano de por vida. *Allstate, Providence, Hartford Insurance*. todos aquí, erigiéndose hacia el cielo, obstaculizando el sol para los que entran y salen de sus puertas allá abajo, aquellas hormigas que caminan las calles. cada edificio la casa matriz de alguna compañía de seguros donde miles contestan el teléfono con la eficiencia automatizada del que se esconde tras el no sentir, optando olvidar que no hay quien se salve. cualquier hincapié, percance, acto de un supuesto azar, puede hundirnos en el vórtice del anonimato y la pobreza.

qué patrimonio del positivismo es esta ciudad. adiós Hartford, que lo divino te perdone.

Anita, el divorcio le quita las ganas de amar a cualquiera.

Date: Sun, 7 Apr 2002 14:06:45
From: anarosa@restauro.com
To: charlie_be@lomani.com

Acabo de recibir la postal de despedida que me mandas desde Hartford. Qué interesante que sólo ahora te pares a describir esa ciudad como lo haces, después de haber vivido allí tanto tiempo. A mí ya sabes que nunca me ha gustado, a pesar del dulce de leche tan exquisito que nos vendía (o a veces nos regalaba) Ramón, ay bendito, en su *grosería* de Vernon St.

Oye, ¿por qué piensas en Hartford y en el divorcio al mismo tiempo? Y ¿por qué va a quitar el divorcio las ganas de amar? ¿Desde cuándo ha sido el amor cosa del matrimonio? *Just wondering.*

Date: Thu 2 May 2002 08:37:39
From: anarosa@restauro.com
To: charlie_be@lomani.com

Hola Cara.

Me he despertado hace unas horas con tal sentimiento de
desasosiego e inquietud que sabía que no podría volver a
dormirme. Ha sido un sueño de esos que sientes que no van
a abandonarte en todo el día. Es bastante extraño. Bueno,
aquí va, a ver si a ti se te ocurre una interpretación, a ti que
te gustan estas cosas.

Estoy en un lugar que es mi casa en el sueño, aunque es
diferente de todos los sitios en los que he vivido en la realidad. Hay mucha gente que parece estar festejando. No estoy
segura de esto, pero creo que estamos en España y que muchos de los asistentes a la fiesta son inmigrantes latinoame-
ricanos. Hay también muchos niños. El ambiente es fenome-
nal, pero de pronto me doy cuenta de que hay demasiado
ruido y de que podemos molestar a los vecinos. Me acerco a
los niños y les pido que se callen, además de preguntarles
que por dónde han entrado. No me contestan. No me hablan.
Salen todos corriendo por una puerta que no da a la calle
sino a otra habitación interior en la casa. El lugar se queda
vacío; sólo estoy yo con mi madre, que ha aparecido miste-
riosamente, y a ella le explico lo de la gente que acaba de
marcharse. Abro una puerta para intentar averiguar por dónde se han ido todos y veo inmediatamente una trampilla en el
suelo, como si fuera el acceso a un sótano, y sé en seguida
que ha sido por ahí. También inmediatamente veo la parte
de atrás de un sillón en el que hay una persona sentada, que
tiene un bastón al lado. Me acerco por la derecha y me parece que es mi abuela, la madre de mi madre, que murió hace
más de veinte años. Pero no puedo verla bien, así que me
acerco por la izquierda. Le miro la cara. Es ella y me tiende
la mano. Mi madre está a mi otro lado, un poco más atrás.
Quiero darle la mano a mi abuela, pero me da miedo porque
creo que cuando lo intente no voy a tocar nada, sólo voy a
encontrar aire. De todas formas, decido tenderle mi mano y
ella me la aprieta con fuerza. En ese momento exactamente
es cuando me despierto.

Mi primera reacción, después de que se me desaceleró el corazón, fue levantarme y escribirte, quizás para exorcizar. Hay veces que la razón se me queda tan estrecha como uno de esos pantalones que intento entrarme, porque son mis favoritos, tras engordar 5 kilos. En esos momentos, es cuando más te necesito.

háblame, chARlie.

Date: Mon, 13 May 2002 22:32:18
From: charlie_be@lomani.com
To: anarosa@restauro.com

A.R.

recién me alcanza tu mensaje. estoy en tránsito.

querida nunca has querido admitir que los muertos caminan a la par. universos paralelos, estados síquicos alternativos, limbos, purgatorios, materia/anti-materia –nombra como quieras tal fenómeno. la cosa es que somos paquetes reciclados y vivimos vidas reciclables a través de aquello que aún no entendemos: el tiempo.

que tu sueño apunta hacia la necesidad de construir puentes genealógicos ahora que has vuelto a tus tierras, de honrar la herencia "femenina" en tu historia, de recuperar los "genes" matri(algo), es cierto. pero todo eso es nuestro intento, necesidad, de mitificar(nos) ante este eterno camino vertiginoso que nos tiene sitiados, forzándonos a vivir lo que más nos vulnera.

y hay que vivirlo, Ros, cada apretón, cada percance, cada vacío, cada cruce de frontera. vivir sin preparación, sin aviso, sin máscara que nos oculte o escudo que nos proteja. total, qué más da cuando la muerte, el tránsito hacia lo desconocido, sigue siendo el único y verdadero *last frontier*.

por ahora no puedo decir más, cachito de sol, y es que voy arrancándome de mi propia sombra.

Date: Wed,15 May 2002 17:21:05
From: anarosa@restauro.com
To: charlie_be@lomani.com

Gracias Carrasquita.

No es que no quiera admitirlo, es que no puedo; no puedo
ver más que lo que tiene consistencia, perfiles concretos,
peso, volumen, color. ¿Por qué crees que eres la primera
persona en quien pienso cada vez que me asaltan estos
sueños? Porque necesito oír lo que sé que vas a decirme.
Estas visitas de mis muertos en medio de la noche me desa-
sosiegan profundamente porque remueven las bases más
firmes de mi sistema de pensamiento y me dejan totalmente
al raso, como un pajarillo demasiado débil para correr a pro-
tegerse de la lluvia que lo pilla descuidado. No hay muchos
muertos en mis sueños, pero los que hay son tan poderosos
que a veces, mirando mi cama a la luz del día, tengo la sensación de que se trata del escenario de una existencia para-
lela. ¿Te ha pasado alguna vez?

Del sueño que te conté, lo que más me impactó no fue las
claras implicaciones de pasar bruscamente del ruido al silencio y de lo extraño/extranjero a lo familiar en mi propia casa,
ni la otra, también clara, de conexión con lo femenino que tú
sugieres. Lo que realmente me impactó fue **sentir** el calor de
su sangre, la presión de sus dedos en el dorso y la palma de
mi mano. El tacto de lo sólido, la presencia de la materia allí
donde yo estaba absolutamente convencida de que no en-
contraría más que aire. ¿Te das cuenta? Eso es lo que me
descolocó.

Ya te escribiré más otro día. De momento, sólo quería darte
las gracias; necesitaba leer lo que escribiste, sentir lo natural que todo eso de los universos paralelos es en tu visión
del mundo. Me consuela.

Besos,

A. R.

27 de mayo
En las nubes

Foto en vez de postal. La he plastificado, no fuera a estropearse por el camino. Mírala con cuidado, hermana. Este cubano será todo lo comemierda que quieras, pero déjame tú decirte, chica, *he is hot*. Yo no sé lo que es; algo hay ahí que me puede. Deben ser los ojos, el deseo en su mirada que ni la mediación de la cámara ha logrado borrar. No me extraña que me pasara la noche escuchando sus lamentos sobre sentimientos de abandono por parte de la tierra natal y sus alabanzas de la madre patria adoptiva. Por unos ojos y un cuerpo como ésos, yo hago cualquier cosa. Anda, dime que tú no.

ARrebatá.

3 de junio, 2002
Stockton, Califas

oye A.R. qué foto tú. la verdad es que cuando el paquete se presenta así, a la perfección, uno bien puede hacerse la olvidadiza y dejar los discursitos de lado. ¿y qué pasó?

sabes que desde que llegué he frecuentado la compañía de los raperos. son buen tema fotográfico. tanto andar *jangueando* con ellos estoy escribiendo algunas cositas. no te rías, o mejor sí, ríete que yo me reí cuando escribí lo siguiente:

porque me gusta
    como Ana Lydia Vega
        hace las nalgas retumbar
    sin necesidad de festival

o cámara que grabe
el ritmo con el cual
yo amo en la intimidad

escribo de ellas
con jocosidad
como si fuesen mi estela
sin pedir permiso ni perdón
como dirían
en ciertas latitudes
de esta América la nuestra

ellas declaman su propia identidad
y capacidad de dialogar
y que nadie me crea víctima
por las millas recorridas
lejos de la pacotilla

ya que a las doñas les gusta
el sacrificio y la dedicación
a estas normas culturales
que las aprecian bien paraditas
muy redonditas y siempre exquisitas

escuchen
que al escribirlas quiero definirlas
mereciendo ellas verdadero elogio
por ser como se dice
hechas para la mano
siempre y cuando esa mano sea
honesta y desarmada

estas mellizas se definen sin vergüenza
ni pudor
capaces de pasearse
con elocuencia y tamaña pasión

pero al no ser yo sólo ellas
                quisiera agregar
que no me importa si es mano abarcadora
                o fina mano de hombre más pequeño
            las que le den forma y furor
        siempre y cuando
                    si la puerta se cierra
        sean mis nalgas
                    las que le cause pesadillas
                            de su perdición

ahí está. ja ja ja!! hasta la próxima.

p.d. ¿puedo asumir que la "distracción" vestida a lo cubano son indicaciones de asentamiento a tus contornos?

17 de junio del 2002

¿Qué haces en Califas? Hija, estás hecha una trotamundos de campeonato.

Ese *rap* sobre las nalgas más que reír, como suponías, me ha hecho sonreír. Qué alegría contar con una oda a mi parte favorita de la anatomía femenina. Desde que recibí tu carta llevo intentando imaginar la música, pero no logro encontrar el patrón que me permita encajar todas las palabras. Tienes que prometerme que me la cantarás la próxima vez que hablemos.

Estoy tan contenta que no me importaría abrazar a mi peor enemigo. Acaban de comunicarme que me han concedido aquella beca del CSIC que solicité en febrero y en la que, como sabes, he tenido puestas mis esperanzas todos estos meses. No es muchísimo dinero, pero sí lo suficiente para poder dedicarle dos años enteritos a la investigación histórica. Se acabaron las traducciones mal pagadas, las clases de español para guiris y las de inglés para españoles, aunque sólo sea por un par de años. Después, dios dirá.

El cubano de la foto ha resultado ser bastante más complejo de lo que hubiera podido imaginar el día que lo conocí y que tal bulla hispanófila me metió pal cuerpo. Lo bueno es que nos estamos haciendo muy amigos; lo malo, que mientras más amigos nos hacemos más vamos perdiendo esa especie de atracción animal del primer día. Yo creo que exotizar a las personas será todo lo políticamente incorrecto que tú quieras, pero es excelente para la actividad sexual, porque mientras lo haces no ves el alma, ni el cerebro. No ves nada más que un cuerpo al que le asignas los significados y las cualidades que te dicta tu fantasía y, claro, así follar es lo más excitante y fácil del mundo. Cuando descubres por fin, si llegas a hacerlo (que muchos no lo hacen nunca), que tal cuerpo tiene voluntad, razón y sus propias fantasías, lo de follar se vuelve un poco más peliagudo. En fin, qué te voy a decir a ti que tú no sepas.

Oye, y entre todos esos raperos, ¿cómo anda el nivel de exotismo? Lo de que te pongas a cantarles a tus nalgas parece indicar cierta actividad sísmica a tu alrededor. Ya me contarás.

Sé buena, Charlie, especialmente contigo misma.

A Rapera yo no me meto.

3 de julio 2002
Stockton, California (todavía)

¡¡felicitaciones!! dos años leyendo y atando cabos sin
tener que lidiar con la lucha por el pan de cada día. eso
sólo te lo mereces tú, mi querida Ros. y ahora la pregunta de un millón... ¿podrás volver a este lado del
charco, aunque sea por una semana?

¿que qué hago ahora aquí? no lo vas a creer. vine como
parte del equipo de *Public Television* que quería filmar
un *special* en torno a los inmigrantes asiáticos que se
mezclan y confunden en el imaginario estadounidense.
¿qué mejor lugar que California a donde llegan a diario
desde el siglo XIX?

a las semanas de estar aquí, sacando fotos tanto de
"ellos" como de los que hacían el video, conocí unos raperos, que para que veas como es el arte del *rap*, no son
negros sino filipinos de segunda y tercera generación.
más altos, más bellos, con esa piel sin vello, que me de-
rrite. ¿viste?

pensé que la observación etnológica valdría la pena. y
la vale. ahora rapeo mientras saco fotos. me voy im-
presionando, ¿sabes?

oye Ros, estar aquí es estar más lejos pero creo que voy
a quedarme. me voy sintiendo más liviana. siento que
he estado caminando por las entrañas de una cueva. no
sé cuándo crucé el umbral, ni para entrar ni para salir.
pero estar aquí me ha permitido ver el sol otra vez.
además, la gente es más cálida, no nieva y las calles tienen vías para los ciclistas. qué más se puede querer.

10 de julio 2002
San Francisco, CA

Anita,

¡ven a visitarme, preciosa! aquí hay filipinas/os que *rapean*, cubanos que también cantan a Silvio, nicaragüenses casados con jamaiquinas, tailandeses que hablan español porque sus padres puertorriqueños se los trajeron después de "cumplir con el uniforme," salvadoreños que todavía recitan a Roque Dalton. aquí lo único que necesitas es vivir sin temor. temor a transgredir tus tiempos y etnicidad, temor a olvidar/recordar, temor a hacer el ridículo, temor a desembaularte (¿qué te parece la palabrita?)

¿de qué color serán nuestras entrañas cuando reímos libremente, Ana?

bueno, ¿te entusiasmas?

> *hoy recuerdo mariposas*
> *que una vez fueron humo*
> *años atrás volaron*
> *por un segundo*
> *debajo del cielo*
> *encima del mundo*
> Silvio Rodríguez, el de Nazaret

Date: Mon, 29 Jul 2002 6:57:21
From: anarosa@restauro.com
To: charlie_be@lomani.com

Charlie, ¿has recibido la misma invitación que yo? Seguro que sí. Te cuento, por si acaso, que como estás siempre viajando, lo mismo ha ido a parar a cualquier dirección que ya has dejado.

Esta tarde llego a casa y encuentro en el buzón un sobre con el remite de Francisco. Ya te imaginarás mi sorpresa al ver una carta de él después de no haber sabido nada en todos estos meses. La abro con el corazón pegándome patadas entre las costillas y descubro, y las patadas se hacen más rápidas y más frenéticas, que no se trata de una carta sino de una invitación de boda. Se casa, Charlie. Francisco se casa. Y no me extrañaría nada que fuera con aquella moza, amiga de la infancia, que me contaste que te presentó en diciembre. No sé por qué creo eso; tal vez es que el nombre me suena como de haberlo oído antes. Aunque con un nombre como María del Carmen García tampoco hay que extrañarse de que suene conocido. ¿Tú te acuerdas de cómo se llamaba la tipa aquella? Bueno, da igual.

No me lo puedo creer. Tanto hablar, tanto criticar el *status quo*, para terminar como todo el mundo, engordando las estadísticas y perpetuando las costumbres de los decentes retoños de la muy decente y elástica clase media. El colmo.

aguantando lA Risa.

Date: Tue, 30 Jul 2002 25:30:12
From: charlie_be@lomani.com
To: anarosa@restauro.com

querida,

la risa como filo de cuchillo no te asienta. sí, se casa (llegó una invitación destartalada a mi puerta). supongo que con la de las nalgas. claro, después de tanto despotricar contra el *establishment* hay que decir que el absurdo es para reírse. *but*, mi pequeño corazón herido, sabes muy bien que no es sólo el que se casa lo que te tiene deschavetada. sino que se te cierra una puerta, esa que tú encontrabas tan deliciosamente delectable (para recuperar el uso antiguo de tan dichosa palabra). la abrías y ahí estaba, siempre dispuesto a compartir lo que tú quisieras con él.

hay amores que te quitan el aliento. otros que te clavan contra la pared. y están los que no dejan de deambular por nuestra imaginación. otros que el sólo recordarlos nos bañan de ternura por fuera y por dentro. y están aquellos que se disfrazan de otra cosa y cuando menos lo esperamos nos desarman el alma.

todos estos amores te dejan en el fango de la añoranza. a Francisco le gustaba pisar tierra firme, aún cuando te añoraba. por eso creo que presenciábamos esa crueldad, acusación y el constante deseo de punzarte (molestarte, digo). intentaba encontrar tu lado débil y por ahí arremeter tu corazón.

disfracémonos muy bonitas para la boda, Rosi. píntate los labios con ese color que tanto le atraía y de regalo démosle una tostadora.

Date: Wed, 31 Jul 2002 15:39:01
From: anarosa@restauro.com
To: charlie_be@lomani.com

Pues sí, es verdad; la risa que me provoca la noticia es de la especie amarga, de ésa que hacia el final te curva las comisuras de los labios hacia abajo. Yo a Francisco siempre lo había pensado como un compañero de camino, una de esas personas con las que te une cierta complicidad porque entienden el mundo de manera similar a ti. Me había convencido de que sus salidas de tono y sus ataques verbales no eran más que una característica del personaje que había creado para nosotras; el de latinoamericano auténtico, de los de verdad, que se rebaja a andar por ahí con dos tías medio raras que hablan español pero de latinoamericanas auténticas nada. Pensé que él, como nosotras, en ese juego de seducirnos y rechazarnos que hacíamos con frecuencia cuando andábamos los tres juntos, se ceñía a su papel y punto. Nunca se me hubiera ocurrido que toda esa ideología revolucionaria, que aparecía tanto en ataques furibundos como en discursos perfectamente articulados, contra el orden establecido era sólo una pose, un rasgo más de su personaje. Y, la verdad, espero que ése no sea el caso y que tenga razones más interesantes para casarse con una amiga de la infancia, porque si no ya nunca podré volver a pensarlo como cómplice y compañero de camino; eso sería una pequeña muerte con la que no querría tener que enfrentarme ahora mismo. Así que yo espero. Espero a pesar de que no incluyó ni siquiera un guiño en esa tarjeta de boda. Espero que nuestro Francisco no sea todo pura paja.

Y tú hablas de amor. ¿Qué amor? ¿Francisco? ¿Yo? ¿Amor? Tales elementos no se funden. ¿O sí?

Para la boda por supuesto que pienso ponerme bellísima. Y tú también. Porque entre las dos tenemos que tener la presencia suficiente para recordarle, sin decir una palabra, que fue feliz a nuestro lado, caminando por la cuerda floja de la falta de compromisos. Si se atreve a mirarnos a los ojos y a sonreír, sabremos que no hay que preocuparse por él; si no es capaz de hacerlo, lo habremos perdido para siempre.

Oye, Charlie, lo que no entiendo es lo de la tostadora. ¿Por qué una tostadora? ¿Una entre las dos o una cada una? Si es porque quema, tú le puedes dar la tostadora y yo le regalo una plancha ☺

ciao, bella cARlota del alma.

Date: Sat, 3 Aug 2002 21:09:54
From: anarosa@restauro.com
To: charlie_be@lomani.com

Cara mía,

Me ha llegado hoy la postal que me mandas desde San Francisco. Llevo todo el día intentando digerir la noticia de tu decisión de quedarte a vivir en California. Cómo no se me habría ocurrido que podía pasar. No sé si alegrarme o entristecerme. Me alegra que hayas encontrado por fin un lugar en el que encontrarte, y encontrarte a gusto. Sabes que a mí no tienes que explicarme la importancia que tienen para nuestras existencias el sol, la calidez y unos colores brillantes que no sean continuamente absorbidos por el blancor despeluznante de la nieve y por el gris amenazador del cielo cuando está a punto de nevar. Lo entiendo perfectamente. Lo que me entristece es tener que pensarte incluso un poco más lejos. Aunque, la verdad, nunca nos hemos vuelto a encontrar en Hartford desde que dejé los USA. La próxima vez, nos vemos en California; es una promesa.

atenta Al Rap que me cantas, sweety.

P. D. Cuidadito con tanto *rapeo* y tanto *rapero* filipino. Que te conozco y sé que no vas a poder conformarte con uno solo.

31 de agosto 2002
San Francisco, CA

mi querida amapola,

he querido ser poeta y en vez me ha atrapado lo verna-
cular. es lo que se aprende en estas tierras: a ser algo a
pesar de lo poco que se es en este mar de gente que se
trajo su talento a cuestas. hoy quise poner en tela de
juicio todo aquello que me ha conmovido.

sé testigo de mis intentos *vulgarensis*

While You Whine

Te cansaste de ser hombre
while she made your bed
and fried your eggs.
Pues mira qué suave
it is to feel so tired
while someone else
is picking your grapes,
and mashing your corn
along that cintura
que tú llamaste
América, la bella.

Give me a break
from so much whining
acerca de tus pies

68

that walked around,
mientras la Mapu
spooled the yarn,
and made her needles fly
so you could hold
tus pies de conquistador
up to woolen socks
hechos por las manos
de una india mapuche.
The one you never thought
of loving
como amaste a la Chascona
after a chef's dinner,
and brandy
in bright colored glasses.

Por favor,
spare me your sad song
about húmeros on Tuesdays,
and dying in Paris.
Try dying in Calcutta
or in El Salvador
después que un dios nórdico
pushes a button
somewhere in a city
tan metropolitana
como Paris
in your colonized mind.
Por qué no me cantas
no, woman, don't cry
como me cantó
aquel negro,
who had it very clear
that love in silken sheets
es muy diferente
al amor que la mujer hace,
when all she has

is the love that she gives
to the one
that keeps her in his mind.
Tal cual lo hizo Víctor Jara
cantándole a Amanda
even while the road he walked
was the future
sin un porvenir

You say you're my heritage
orgullosa debo estar.
porque ahora
no nos han de ignorar
'cuz you're the one who broke through
their white sentimentality,
that promises possibilities
razones que nos dan
para destruir
nuestras casas en los pueblos:
But perhaps you forgot
that without a Nobel prize,
given to you by the winter lords,
the possibilities
are only those inscribed
en las calles bananeras
y en aquellas maquiladoras
that now constrict esta cintura
de nuestra América,
the beautiful.

So now I hear, it's me
that makes you whine,
y me dices
as often as you can
you're so americana,
with that disdain in your voice
mientras duermes con una rubia

every which way you can.
But let me spell it out,
just in case you don't understand
este idioma que yo uso
(just because I can),
that I'm no longer willing
to listen to your cry
de hombre sensitivo
de hombre nuevo
(entre comillas) digo,
because I too have walked around.

Y lo único que me cansa
is your tiresome
existential angst
que publicas
without any shame,
while your shoes
smashed what came
sin importarte
whom, what or when.

Y ahora tengo que evitar
estas trampas que dejaste
and all 'cuz you thought
que era mucho mejor
morir en las calles de Paris
mientras mi cintura se quebraba
'neath the weight of
your bargained dreams.

Pues fíjate yo también
me cansé de ti
and if you want to die,
sea un martes or on a Holy Sunday,
(ya que tu alma está cansada
and god is on vacation)

I say please, be my guest.
It's time I get a little peace
so my toes
can find that piece of land
que no pudiste explotar.
Y que mi cuerpo nade
in that muddy pond
donde tus sueños se ahogaron.

Just remember
que mientras tú lloriqueabas
era yo quien pagaba
for the loans you've enjoyed.
But ahora it's my turn,
y puedes estar seguro
que I'll write my own stories
on papers that will never
know tu nombre.

Date: Tue, 10 Sept 2002 19:32:04
From: anarosa@restauro.com
To: charlie_be@lomani.com

¡Si el pobre D. Pablo levantara la cabeza! O si, sin levantarla
siquiera, pudiera escuchar la copla que le has sacado, se
volvía a morir de repente. Tal falta de respeto a los héroes
de la patria es difícil de perdonar no sólo en Chile, sino en
todo país que se precie de sus glorias nacionales. En serio,
Charlie, me encanta tu *poema vulgarensis*, precisamente
porque así lo nombras.

¿Has pensado dejar la fotografía y dedicarte a la música?
Podríamos hacer un dúo. Yo te toco los palillos (sólo con la
mano izquierda, que con la derecha no me sale) y te hago el
coro. Recorreremos el mundo con un pan bajo el brazo, vivi-
remos sin patrias y sin héroes, durmiendo bajo las estrellas e
inquietando el sueño de los que nunca se dignarían a dirigir-
nos la palabra. Así nunca tendríamos que separarnos y rei-
ríamos en todo momento.

Desde que me dijiste que te quedas en Califas, me tienes como atontá. No te imaginas cuánto te echo de menos.

A. R.

P. D. Te prometo escribirte una carta como-dios-manda uno de estos días.

20 de octubre 2002
Santa Barbara, Califas

querida,

no hay huevá más absurda que tener que fingirse alguien frente a un montón de individuos que fingen displicencia para que les rebajes una que otra foto después de que te has pasado horas, no, días, trabajando el matiz exacto en alguna foto que será irrepetible, porque aquel matiz ocurre una vez y sólo después que te has rendido ante la fuerza mayor que es la constante batalla entre la luz y la sombra.

qué te puedo decir, Anita. la exposición fue agotadora. éramos cinco, como vacas exponiendo las tetas para ver cuál daba más leche. Joaquín fue el que menos vendió y créeme que eso, ya de por sí, es un crimen. para esta exposición trabajó el tema de la pesca o mejor dicho, del pescado que ha sido atrapado; que se asfixia lentamente y después de que tiran sus tripas en un balde lo descuartizan para empaquetarlo muy "higiénicamente". Luego, sus partes desmembradas son inspeccionadas bajo luces fluorescentes por los consumidores que, en la onda de ser más saludables, ahora sólo comen pescado.

te digo que su trabajo es chocante. las manos perdiéndose en las entrañas de los peces son espeluznantes. la luz que rebota en las escamas es conmovedora y del revoltijo en el balde logra texturas inimaginables. creo que fui de las pocas que le compré un ejemplar.

a mí me compraron diez y ahora tengo grandes dudas acerca de su valor. mucho que vendo pero temo que aquí en Califas estoy perdiendo el *edge*. siento que estoy adoptando la complacencia que me hace reproducir "lo bonito" cuando lo importante es que incomode o que por lo menos logre representar un momento epifánico como el que encontrábamos en Cortázar, recuerdas?

cierto, son medios de expresión diferentes pero tanto la palabra como la imagen son metáforas manipulables, evocadoras del mundo que presencia/vive(sufre) la mano que dirige la producción. ésta, la producción, por supuesto, es el eje del engranaje que pone en duda todo lo anterior. y si lo recién dicho no es una mezcla posmoderna de la mierda a la cual tenemos acceso, *I don't know what is.*

bueno, esto para decirte que la exposición estuvo bien. ahora tengo que buscarme un *gig* pero ya, preferible uno que me saque de aquí. mucho vivir con gente multicultural te ablanda, te hace celebrar la existencia pero el precio es olvidar que recién estamos empezando y que si nos detenemos ahora los olvidados serán olvidables. no sé si me entiendes.

y tu, pequeña alma herida, ¿se te pasó la depre por lo de Francisco? tenemos que admitir que nos veíamos de lo mejor. la foto que te mandé no es ni siquiera *the very best*, esas las tengo aquí esperando tu visita o la mía allá. cuida ese corazón, canela en flor.

20 de octubre del 2002.

Ya sé que esta postal es muy fea. Si te sirve de consuelo, te diré que es la única que tengo a mano y, además, de pura casualidad. Estoy en una sala de espera y me ha asaltado una sensación que necesito compartir contigo. Sé que no tengo que explicarte por qué.

Siento que hay algo que cada tejido del cuerpo crea, moldea, ajusta, para mandar un mensaje concreto al cerebro: Paz. Calma total. Relajación de huesos y músculos que me empuja a buscar la posición horizontal. La sangre se mueve despacio por las venas, como si hiciera mucho calor y estuviera un poco cansada. No muy cansada. Sólo lo justo para que todo parezca más simple. Siento una especie de brisa en los brazos desnudos y la caricia de mi propio cabello en el cuello. Siento los ruidos de una sala de espera que el cerebro se empeña en transformar en música. Siento la pereza de la mente recreándose en esa cualidad algodonosa que de repente adquieren los huesos del cráneo. Algodones para acunar el objeto más preciado, el órgano más delicado. Y el ruido no es ruido, aunque molestan un poco los llantos de algún bebé caprichoso que no consigue lo que quiere en el preciso momento en que lo quiere.

¿Será esto la felicidad?

Date: Mon, 28 Oct 2002 16:11:03
From: charlie_be@lomani.com
To: anarosa@restauro.com

mi niña,

tengo tu postal del 20 en la mano. hace minutos la recibí.

Rosi, ¡ven! deja ese plumón que te rodea. es una paz falsificada, estándar, hecha para momentos agobiantes. ¡ven!

yo te prepararé el cuarto, adornándolo con fotos de nubes *altocumulus undulatus*. entre ellas puedes jugar hasta que vuelvas a encontrar(te) lo que crees haber encontrado en esa sala… la cooperativa va bien Rosi, vente que aquí sobra espacio y es todo para ti.

Date: Sat, 2 Nov 2002 18:39:45
From: anarosa@restauro.com
To: charlie_be@lomani.com

¡Felicidades, Charlie! Diez fotografías son un montón para vender de una vez. Me alegro mucho por ti. Deja de preocuparte con el *edge* y piensa que con el dinero que te has ganado te vas a poder pasar un par de meses de echarle fotos a lo que quieras, haciendo arte y olvidada de *gigs* que no te interesan. Además, sin tu éxito comercial, no podrías haber apoyado a Joaquín-artista-maldito y su trabajo chocante-conmovedor-de-texturas-inimaginables, que sólo tú pareces capaz de apreciar. No te enfades, Cari. Es que no sé por qué a los artistas se os meten esas tonterías en la cabeza; si no vendéis, que la gente no os entiende y si vendéis, que estáis perdiendo el *edge*, que es otra manera de decir que la gente no entiende. Yo no sé, porque como tú bien sabes, yo de artista nada, pero a mí me parece que sois todos una panda de arrogantes ☺

Y ahora hablemos de fotos más sabrosas. Estamos absolutamente fabulosas. Ese vestido pegado a las caderas y el escote de la espalda cayendo como en cascada hasta el punto exacto donde se dibuja tu cintura, y ese color verde lima que resalta los tonos más melosos de tu piel canela, y esas sandalias doradas que dejan ver la mayor parte de tus pies (iba a decir morenos, pero sería una mentira de las gordas porque como andas siempre con esas botas de motociclista, cosa menos sexi no he visto en mi vida, pues eso), y ese colgante que te baja justo hasta el lugar que marca la separación entre los dos pequeños bultos de tus pechos a uno y otro lado… Estás para comerte, hija, y estoy segura que Francisco te tenía en mente mientras le hincaba el diente a la Carmencita. Mira que llamarse Carmencita. El colmo.

Yo estoy bien, *honey*, no te preocupes. De verdad que no me

importa tanto que Francisco se haya casado; digo, mientras
hipeo y me limpio la moquilla revuelta de lágrimas que se me
escurre por las comisuras, justo donde se me están empezando a marcar arrugas (de expresión). Qué pena, Charlie,
lo hemos perdido para siempre. Prométeme que tú no me
dejarás nunca, no de esa manera. Prométemelo, por favor.

Date: Mon, 4 Nov 2002 22:14:09
From: charlie_be@lomani.com
To: anarosa@restauro.com

Rosa perfumada,

lo de dejarte a lo Francisco o de cualquier otra manera…

Rosana, ¿cómo? si eres hacia donde me dirijo.

2 de diciembre 2002
en algún aeropuerto

Rosa querida,

una vez más en estado de espera en algún aeropuerto.
la tercera vez en menos de tres meses. ¿recuerdas cuando estar en el aeropuerto era un gusto. podías, mientras
esperabas, mirar a la gente e imaginarte a dónde iban y
con quién se encontrarían. los gordos, definitivamente,
iban al desierto para que el sol les derritiera la grasa.
los flacos viajaban a algún lugar donde podían sacarse
la ropa, mostrando los huesos como trofeos de supervivencia – prueba de que sobrevivían la diaria embestida
de los *doritos, los cheetos, los mountain dew, las pepsis, los
snickers, almond crunch.* Paquetes de azúcar que llueve
blanca… muy blanca, queriendo depositarse en un lugar
particular de ese cuerpo que acarrean, tan desabrido,
pero con tanto orgullo. qué risa nos daba inventar historias, Rosa. ahora no me atrevo a mirar a nadie. por si
me olvido que ya no se puede, una voz automatizada

me lo recuerda: *please, report anyone that looks suspicious or displays suspicious behavior.*

acabo de ver pasar una rubia (de reojo, por supuesto) con blusa naranja, pantalones color oliva y unos zapatos rojos con tacón puntiagudo. si ella caminara las calles de la Habana así sería muy sospechosa, ¿tú no crees?

¿qué es lo que nos permite determinar que una persona luce sospechosa? cuando me siguen por los mercados, pensando que me voy a robar algo, alguien ha decidido que luzco sospechosa (creo que son mis zapatos – sigo usando esas botas de motociclista, aún en el verano, por muy poco sexi que las encuentres). pero hablando en serio, alguien mira por una pantalla, ve a una persona vestida a la ligera que además es de tez morena, pelo negro desordenado e inmediatamente aprieta un botón, habla por teléfono, informa que en tal y tal pasillo se ha parado una "tipa sospechosa," *sí, esa misma, la que está mirando las cremas anti-arrugas. hace dos minutos que está ahí leyendo el contenido de todas las cremas.* y en un dos por tres, se me para al lado una gorda con lentes que no se mueve a menos que yo me mueva. alguien se ha olvidado de avisarme que soy el daguerrotipo de sospechosa, tú.

acaba de pasar uno de esos gringos con piernas hasta mi antro y de pasos sin apuro que tienen los que son dueños del mundo. qué pena que tenga nariz grande y le falten labios, si no valdría la pena mirarlo un poco más. a propósito Ros-an, no es cierto lo que dicen de las narices grandes, pero nunca me han decepcionado los pies grandes.

¿te has dado cuenta que nunca miden la capacidad "sensual" de la mujer por los pies? ¿te dije que tengo toda una serie de fotos encuadrando sólo los pies? pies mendigos, pies heridos, pies de atleta, pies recién salidos de la pedicura, pies recién nacidos, pies ancianos, pies con y sin uñas. hasta ahora no encuentro galería que quiera exponerlas. pobres pies, parte anatómica tan menospreciada por los esteticistas.

ya no sé qué te he contado y qué no, pero por si acaso te cuento que la serie más reciente de fotos me ha salido como la mona. no sé qué me pasa. espero que no esté cayendo en otra de esas etapas desabridas. ya sabes que me pongo insoportable.

volviendo al tema de la sospecha. me despido rápidamente Ros-an. se me han sentado dos individuos muy sospechosos al lado. el del lado izquierdo está muy bien vestido con terno gris, botines negros (muy bien lustrados) y es de pelo sal y pimienta. ahora abre el *Wall Street Journal*. el de la derecha parece una calcomanía, excepto que éste asusta con la colonia que supura la calvicie. en un instante me han de empezar a molestar las alergias. este pelagato no hace nada – ya de por sí eso es sospechoso. tú sabes que los gringos automáticamente, en cuanto se sientan, se esconden tras un periódico o un libro de esos *best-sellers* que te lees de una escala a otra.

tengo que irme Rosi, no vaya a ser que me registren el maletín – y ya te imaginarás la vergüenza: todavía tengo la manía de llevar un calzón limpio por si todo lo demás se pierde.

chao A.R.
hasta la vista, *baby*.

3 de diciembre del 2002
Esperando un tren

Querida Carlota:

Hay lugares en los que parece que la gente se deshumaniza y éste es uno de ellos. Yo misma me pongo a escribirte quizás con la intención de recobrar mi propia humanidad. Ya sabes donde estoy; en una estación concreta, aunque podría ser una cualquiera. Yo, como todos, esperando a que llegue la hora de coger mi tren. No sonrías; puedo ver la mueca de burla en tu boca al leer la palabra *coger*. Ya sabes que para mí no tiene las connotaciones que tú le otorgas. Voy a coger el tren, no a tirármelo, como decimos en este lado del charco. Pues eso, que en sitios como éstos las personas parecen adquirir rasgos animales, incluso físicamente. Todos moviéndonos sin dirección, siguiendo el flujo de la manada como las ovejas. Otros sentados mirando al vacío, al suelo o a los demás, pero sólo de soslayo, como esos gallos habados que te observan de reojo, esperando el momento del ataque.

Afortunadamente, esta estación es muy bonita, una de las más bonitas que conozco. Tiene un pequeño jardín tropical e incluso un estanque con plantas acuáticas y peces de colores. Algunos recuperan su humanidad mirando al agua, identificando a los animalitos que en ella se mueven. Son, sobre todo, los niños, que martirizan a sus mayores con preguntas provocadas por esa curiosidad que los caracteriza. Sus voces y sus expresiones de sorpresa logran imponerse a ratos a la impersonalidad dominante, al sonido mecánico de voces en walkie-talkies y a las miradas vacías de vaca aparentemente mansa de los que no logran habitar el espacio que ocupan porque están simplemente de paso.

Yo te escribo a mano en la era de los ordenadores. Me gusta sentir el bolígrafo deslizándose sobre el papel, fundiéndose ambos como si hicieran el amor y del acto surgieran los signos. Además, que sigue siendo más práctico en ciertas situaciones y el ritmo es también diferente; más gratificante.

Una niña grita porque ha visto una tortuga en el agua y no puede evitar comunicar el asombro que siente. Me pregunto en qué momento dejamos de necesitar compartir sentimientos como ése. Me pregunto si dejamos de necesitarlo alguna vez o simplemente nos resignamos a no hacerlo. ¿Qué piensas tú? A mí a veces me pasa como a esta niña; quiero gritar mi entusiasmo y que alguien me oiga. Sé que tú me oyes y por eso te escribo. Pero cómo me gustaría no tener que escribir, poder experimentar la inmediatez de la oralidad. La niña, aburrida con su madre porque todos nos aburrimos siempre de los que tenemos cerca, se da la vuelta y empieza a hablar conmigo. Dice que se llama Laura y tiene unos ojos preciosos, ojos todavía humanos.

Es hora de acercarse a la vía y dejarse de ruminaciones. Ya te escribiré más cuando llegue a destino.

AbRazos en abundancia.

1 de enero 2003
Sutoni Vineyards, California

¡FELIZ AÑO NUEVO! Ros,

aquí estoy en los viñedos Sutoni como si fuera *pedigree* de antigua estirpe. no sabes lo que me dio tener que sacarle fotos al presente dueño (de nombre y emigración española a propósito). tomó mucha disciplina y pericia hacer resaltar sus ojos ya que la mirada se resbala por el puente de la nariz hacia la frente alta y no hay cómo frenar una vez se llega a la planicie calva que le sigue.

eso sí, tiene bellas manos. con gran delicadeza los dedos largos se enroscan en torno al tallo de la copa. teniendo muy en cuenta la hora del día, inclina el útero de la copa hacia uno u otro lado. entonces los rayos del sol iluminan el rojo sangre de un cabernet de tres años, cuyo aroma inmediatamente me hace pedir un queso fuerte.

desafortunadamente, el caballero (muy bien instruido) quiso sacarse una foto acentuando menos su estirpe burguesa – intenta competir con los vinos del cono sur que son mejores pero cuestan menos. para qué decirte. se le ocurrió que lograría llegar a las masas anónimas si se remangaba la manga de la camisa blanca y almidonada que tenía puesta. ¡Dios nos salve de los genes de nuestros antepasados! el sol no toca el antebrazo de este hombre, Ros. tiene tanto pelo que inmediatamente recordé las crónicas del siglo XV – XVI, pero del otro lado de la moneda: de los barcos se bajaban estos seres cubiertos de pelo que no se habían bañado en quién sabe cuánto tiempo. si mis antepasados no se desmayaban del susto, el olorcito los atontaba de seguro.

creo que debería tomar clases de actuación porque no se puede negar que tengo talento. lo único que se me escapó fue una media sonrisa y lo demás fue darle instrucciones en una voz muy medida: *párese aquí, allá, extienda LA MANO así o asá.* te hubieses sentido orgullosa de mi compostura, Ros.

ya terminó el *gig* y vuelvo al norte de Califas. ¿qué te parece el verdor que tienen estas tierras? ¿ves el lado izquierdo de la postal #1 que incluyo con ésta? mira el trasfondo. pues allí, esa pequeña estructura es la salida de escape. si el caserón se llega a incendiar y peligran los sótanos, han construido un pasaje subterráneo que da salida allí. el *motto* aquí no es *sálvese quién pueda*, mas bien es *pobre del que no salve los vinos*. no exagero, es la pura verdad.

que tengas un buen año mi querida querida AlmendRita

Date: Wed, 5 Feb 2003 24:30:11
From: charlie_be@lomani.com
To: anarosa@restauro.com

qué ironía petunia. el mes pasado sacando fotos de las manos de los dueños de los viñedos y hoy saqué fotos de las de los *grape pickers* que trabajan para las compañías de pasas californianas. las enfermedades cancerosas siguen arrasando a la población latina y ahora, también, a algunos de los que llegaron escapando de las guerras de Camboya, de Laos y quién sabe que otro país cuyo nombre ya no puedo recordar.

qué capacidad más perniciosa tienen los presentes discursos bélicos (que imprimen y re-imprimen en los periódicos - por no decir nada de la tele), de hacernos olvidar que las condiciones contra las cuales Chávez batalló siguen igual. y quién si no los indocumentados van a trabajar en estos campos de pesticidas. no hay "ciudadano" que quiera peligrar su salud o trabajar bajo el sol sin descanso.

he sacado todo tipo de fotos. me invitaron a comer a sus casuchas, ahí seguí sacando fotos. me pidieron copias que van a usar como prueba ante las cortes. *por supuesto*, dije. al atardecer me despedí con el corazón en la mano.

a la salida de los campos, alguien me chocó el auto. estuvimos más de una hora esperando a la policía. cuando llegué al motel Ros, me habían saqueado la mochila. todos los rollos habían desaparecido. una de las cámaras también. la otra la encontré con la lente rota.

ni siquiera tengo rabia, porque total, uno siempre sabe por dónde anda. pero no puedo descargar esta pena. mañana tengo que volver y decirles que no tengo pruebas que darles. otra vez, el sabotaje les cierra las puertas al derecho de vivir con dignidad.

buenas noches, Ros.

19 de marzo del 2003

Querida Carrasquita:

Por favor, perdona mi silencio. Nunca has pedido explicaciones, igual que no lo has hecho en estos últimos meses, y por eso te doy las gracias. Gracias por tu paciencia y por mantener la ilusión de normalidad. A veces me pregunto por qué sigues aguantándome. Cuando entro en este estado, pocas cosas me hacen reaccionar pero necesito, como siempre, o quizás incluso más, que sigas ahí, llamándome y tratándome como si nada pasara. Lo entendiste desde la primera vez y eres por eso insustituible.

Ha vuelto a pasar, aunque de una manera ligeramente diferente. Ya llevaba algún tiempo viendo a la gente como animales, pero era algo pasajero, puntual, una visión que se deshacía casi con la misma rapidez con la que se formaba. Me pasó en la boda. Cuando Francisco y Carmencita se prometían ante el altar que se querrían y respetarían durante toda la vida, vi dos ratas inmensas restregándose los bigotes, acercando una a la otra sus hocicos picudos. En aquel momento me pareció algo peculiar e, incluso, gracioso. Hice una de las interpretaciones sociológicas que tan bien se me dan y decidí no preguntarme lo que esa visión indicaba sobre mí misma, que era, a fin de cuentas, quien la estaba teniendo. Igual hice otras muchas veces entre julio y finales de diciembre. El día de Noche Vieja se me fue la mano y, no sé cómo, desperté al día siguiente con el cerebro algodonoso y la lengua gorda y pesada como plomo. Abrí los ojos y me encontré rodeada de blanco y de tubos, frente a un burro que me tomaba el pulso mientras consultaba su reloj. Ya sé que es una imagen muy goyesca, pero es lo que vi. Después llegó una vaca escuálida y ambos se pusieron a dar rebuznos y mugidos inicialmente alternativos y después cada vez más simultáneos, hasta que acabaron confundiéndose los unos con los otros. Te puedes imaginar cómo continuó todo. Estuve de tratamiento intensivo más de un mes y todavía sigo viendo al loquero una vez a la semana, pero me asegura que todo ha pasado y sugiere que me tome las cosas con más calma.

He estado reflexionando mucho y tratando de mirar hacia dentro, pero yo creo que ya va siendo hora de que empiece a moverme otra vez. La semana pasada tuve un sueño extrañísimo que me dio el impulso necesario para acabar de salir del estado catatónico en el que me había sumergido. Caminaba por un bosque muy denso en medio de la noche. No se veía absolutamente nada; no había luna y la luz de mi linterna parecía iluminarme solamente a mí. De pronto, empezaron a salirme unas tiras blancas de tela, como si fueran sudarios, del centro del pecho, justo a la altura del corazón. Volaban a mi alrededor, unos hacia delante, otros hacia atrás, otros hacia arriba. Algunos se trababan en las ramas de los árboles y en las zarzas que me salían al paso, dificultando mi avance, pero otros empezaron a iluminar el camino. No podía dejar de seguirlos, a pesar de la presión del ramaje en las costillas, la cara, los muslos, los tobillos. Iba completamente cubierta, vestida con ropas oscuras y gordas, atuendo de hombre de bosque de otros tiempos que me protegía del acecho constante de palos, hojas y espinas. Las botas eran particularmente pesadas y muy grandes para mí, como si pertenecieran a alguien de dimensiones mucho mayores que las mías. En realidad, el cuerpo entero parecía quedarme grande. Digo esto y no sé exactamente lo que significa, pero ésa era la sensación. Lo curioso es que no era una sensación de angustia ni de miedo; todo lo contrario, estaba totalmente tranquila mientras seguía la senda que la blancura brillante de los sudarios alumbraba y que parecía no acabarse nunca. No recuerdo nada más, pero al día siguiente desperté sintiendo una paz que hacía mucho que no tenía.

Creo que necesito salir de aquí una temporada; Madrid, a fin de cuentas, no es tan diferente de *New England*. Aprovecharé para viajar a lugares en los que pueda consultar archivos y documentos para adelantar mi proyecto sobre *los caminos del dinero en el siglo XVII* y así mato dos pájaros de un tiro. Todavía no tengo plan específico. Te tendré al tanto y te seguiré mandando postales, como antes, como siempre.

no me dejes, cARa.

P. D. Qué egoísta soy. Y tú, ¿cómo estás? Esas últimas misivas en las que me hablas de tus *gigs* en las viñas de Califas no suenan precisamente felices. Hay demasiada mierda en el mundo, Charlie.

20 de abril, 2003
Sacramento, CA

hoy recibí tus postales desde Bélgica. éstas enfatizan la arquitectura, la contraposición de lo contemporáneo y lo medieval en el espacio reducido y demarcado por las cuatro esquinas de la cámara postal. un sólo cuerpo empequeñecido adorna el cuadrículo que mandas para avisar que has llegado y que, a pesar de ello, todavía sigues aquí, ya que no logras desempacar las maletas de tus recuerdos.

lo medieval atrae la mirada. los muros ennegrecidos abarcan la postal horizontalmente, dividiendo el cielo y la tierra, deslindando el terreno del hombre, aislándolo de la apertura del cielo raso. los muros inmovibles, incambiables, marcando el tiempo hacia la decrepitud. no me queda otra que sonreír: los europeos siempre queriendo marcar, controlar el tiempo hacia la eternidad.

en cambio lo contemporáneo irrumpe erigiéndose verticalmente. ¡qué virilidad! supongo que en ésta confía el presidente de Francia hoy. inmenso, recto pero elegante, nunca olvidemos la elegancia por la cual tú tanto afán tienes. Europa tan definida por su idolatración al falo. con razón Marguerite Duras causó tanto estrépito al desear sin vergüenza el delicado cuerpo de un chino dorado. pero esos detalles quedan en la historia, es lo que yo quiero recordar de una Europa que nunca me ha llegado a seducir.

te aviso que las postales llegan a mi salida. el Orinoco se traba (me mandan a decir) y quiero llegar antes de que sea sólo un susurro, apagado por el constante traqueteo de lo que vamos siendo. me llevo tres cámaras, una de ellas la que me regalaste. sí, aquélla que mandaste anónimamente después de la embestida de febrero. pues ésa, la usaré para el blanco y negro. ya sabes, lo que más me gusta de éste es cómo desmiente la tajante división entre lo que es blanco y lo que es negro.

sigue cuidándote, mira que andamos en tiempos de guerra.

Ámsterdam, 5 de mayo de 2003

Lo que son las cosas, tu postal llega para recordarme un momento que ya se me había olvidado y que me resulta difícil identificar con todo eso que escribes. La foto que te mandé era de Bruselas, una ciudad que me gusta más bien poco, y recoge, como tú dices, una imagen de contraste. Ni siquiera presté mucha atención cuando la compré; me pareció simplemente típica y pensé que podía hacerte gracia. Pero por lo visto, no estás de humor para nada.

Sentada en una terraza junto a uno de los canales, al sol de los últimos días de un invierno que aquí ya parece haberse despedido hasta el año que viene, leo los periódicos de la mañana. ¡Cuánto me gustaría fumar! Estos son los momentos en que suelo echar de menos ese vicio tan dulce que me ha acompañado tantos años de mi vida. El sol me entra por todos los poros y sus reflejos en el agua me hacen cerrar los ojos de vez en cuando. La belleza de estos puertos es alucinante, pero no son sus piedras (como tú lo llamas) lo que me produce esta sensación de bienestar; es el ambiente. Es la gente en la calle, en los bares, en los cafés; gente bebiendo y fumando; gente comiendo; gente que no se siente culpable por estar haciendo esto en vez de ir al gimnasio; gente de todas las edades en todos los espacios. Yo tomo mi cerveza a pequeños sorbos, disfrutando cada gota, y los miro.

Vuelvo al periódico. Estamos en guerra. Bueno, no sé quién es ese nosotros; para mí y para ti, y para muchísimos otros, nada ha cambiado. O por lo menos, nada ha cambiado perceptiblemente; seguimos viajando, cargando gastos en nuestras tarjetas de crédito, comiendo en restaurantes, comprando estupideces superfluas. Tus palabras se superponen a los titulares del *Washington*

Post, que compré esta mañana, hasta borrarlos. Europa y su falocentrismo, deseos de marcar el tiempo, el presidente de Francia, mujeres famosas (siempre francesas, por cierto) amando a chinos de cuerpo dorado. No sé qué decirte, excepto lo obvio: el gran falo (pene, zipote, verga, polla, etc.) hoy día no es europeo, sino americano; el tiempo (y diez mil cosas más) lo marca ese gran vergón con botas de cowboy. El presidente de Francia, aunque me cueste reconocer que un francés pueda hacer algo bueno, es uno de los pocos que parece no haber perdido del todo la razón y las europeas (sobre todo las francesas) siempre hemos encontrado exótico eso de follar con especímenes de otras razas, especialmente cuando éstos son reconocidos por su buen quehacer en la cama.

Hablando de hombres, los holandeses no me parecen particularmente atractivos, pero ayer, entre bromas y veras, terminé morreando con uno por las calles; como una perra, que diría mi madre. Ni me gustó ni me dejó de gustar; estaba demasiado borracha. Además que, las cosas como son, un holandés de exótico tiene poco.

un AbRazo.

P. D. Me encanta la foto que me mandaste, sobre todo la luz; podría ser de un pueblo mediterráneo cualquiera.

18 de mayo, 2003
ahora a las orillas del Orinoco.

tú besuqueándote por esas calles tan posmodernas en su placer y yo aquí sintiéndome culpable.

te cuento que estoy sentada aquí, encima de una piedra

formidable cuyas faldas las moja la corriente del Orinoco. la corriente, el cielo raso, el aire cortantemente puro me llenan de brío, de una energía que se desborda poros afuera. quiero reír, así porque sí, pero me siento culpable. hasta aquí llega el estrepitoso cacarear de los gallos: no hay casa de pueblo que no tenga la atención prendida en la pantalla, especulando qué ha de pasar. el sólo pensarlo espanta la felicidad y me empieza a roer la rabia. tienes razón, que las botas de cowboy vienen de este lado del mundo, pero no es mi América la que inspira su uso. más bien un mito occidental que empezó a formarse con Alejandro (el Grande, el Magnífico, el Hombre representante de toda Humanidad subsiguiente) a ese lado de lo que ahora es sólo un charco. hoy parece más temeroso ese desierto con sus tormentas de arena que cruzan Irak y detienen a la "coalición" que las aguas que una vez asustaron a los futuros colonizadores. por lo tanto, mi querida Rosa, Europa no se escapa de ser embarrada por la mierda que hoy empieza a cubrir el mundo.

será por eso que me siento culpable. porque siento que vivo aún más que la eternidad que añoraron y siguen añorando los que les gusta cabalgar a través de las páginas de la Historia. será porque este instante es todo abarcador, porque a pesar de la sangre, hambre y pestilencia que empieza a cubrir el desierto, yo aquí sentada sobre esta piedra vivo y vibro como si fuera el primer día que lo hago.

no sé qué decirte. desde acá la gente no me hace falta, pero la cacofonía de tanta pelea de gallo llega hasta aquí y crea una contracorriente a mi felicidad. contradictoriamente, la memoria torna a todos en fantasmas que más que provocarme miedo, se van esparciendo como el humo de aquellos cigarrillos que te gustaba fumar. pero tal cual ese humo de "segunda mano" causa cáncer, ese antagonismo que vibra en el aire roe mi conciencia, insertando agujas de pena.

y debo admitir que ninguna cogida con especímenes exóticos o desteñidos como aquéllos que besuqueas en las calles de Amsterdam me va a hacer sentir más viva o más triste que la coyuntura de este momento en el cual me encuentro. bueno Martirio (¿te acuerdas de cuando estábamos en Querétaro y te dio por usar ese alias?) no quiero martirizarte más con mis ruminaciones en torno a la liminalidad del tiempo donde todo cabe aún lo imposible, así que me despido. cuando nos veamos te muestro las fotos que estoy sacando. la mayoría en blanco y negro, ya sabes cómo me gusta ese medio, pero también creo que he logrado unas maravillas a colores. aunque éstas siempre me decepcionan porque no puedo oler u oír lo que completa la foto.

pensando en ti

22 de mayo 2003
río arriba

te mando una nota de esas rápidas. no sé si habrás vuelto ya o si recibiste mi respuesta a la tuya de este 5 de mayo. he decidido adentrarme río arriba. estuve por Maracaibo dando vuelta a la desembocadura del río y las aguas están negras. me dicen que la culpa es de los pueblos más adentro. que los habitantes todavía lavan su ropa en las aguas y se deshacen de sus desperdicios corriente abajo. no sé qué creer. tengo que verlo. este espesor que acarrea el agua y tira hacia el mar parece tinta.

al mirar las aguas siento lo mismo que sentí al volver a Arica, ya de grande. Arica pertenecía a esos recuerdos de niñez que vas endulzando con los años. las noches habían sido heladas y dormía en el piso de cemento del negocio de mi tía. ella recién había abierto una pequeña tienda en esas poblaciones periféricas que empezaron a surgir, formándose convivencias entre peruanos, bolivianos y chilenos que se escapaban de las revueltas de Santiago a vísperas del asesinato de Allende. era la primera vez después de muchos años que me encontraba "en familia". ese sentirse reconocida fue lo que alimentó el recuerdo, tornándolo en pan dulce, haciéndome olvidar el frío de las noches desérticas y lo duro del piso.

al volver caminé las calles, ninguna como las recordaba. comí en los bares familiares donde hervían todas las verduras porque tenían miedo que el cólera del Perú les llegara por medio de las lechugas. no supe si reírme o sentirme vulnerable. al llegar al malecón miré hacia abajo y me sentí completamente defraudada. en la orilla, entre las piedras y el agua, un sin fin de jeringas, condones y envoltorios de plástico. no sé cómo explicar lo que sentí: el sol se hizo más pequeño y las aguas menos azules, tal vez así.

no sé si me explico. aunque sé que tú sí podrás entenderme. supongo que por eso te escribo sin una clara intención. siempre has podido entenderme aún cuando han habido ocasiones que recién encontraba la palabra para explicarme. te escribo sencillamente para decirte que las aguas están negras y que no puedo creer que sea porque los pueblos de arriba lo usan como su escusado. ¡¡y es que no lo quiero creer!! ya no quiero creerle nada a nadie. estoy cansada de tanta mentira. estoy viendo lo que pasa y me están diciendo que no es eso lo que veo. ¡¡imagínate!!

oye Anita, no me tomes muy en serio, eso de andarte

besuqueando. tú sabes que yo he tenido momentos estrepitosos también. espero que lo estés pasando requete bien. ¿cuándo vuelves? mira que te echo de menos. me doy cuenta que aún te pienso a este lado del mar.

un besote.
(a caballo me voy)

1 de junio de 2003

Querida Carlota:

No sabes cómo me alegro de que puedas sentir la inmensidad, el infinito, por encima de la cacofonía que producen las peleas de gallos. No te sientas culpable; la vida no es más que eso, reír mientras otros lloran, nacer a la vez que otros mueren, odiar, amar, comer, pasar hambre, sufrir, disfrutar, expandirse, anularse... todo ocurre a la vez, como en el Aleph de Borges. Eso es lo que hay. Y los sentimientos de culpabilidad no resuelven nada ni le ayudan a nadie, a menos que seas lo suficientemente egocéntrica para pensar que eres mejor persona que los que ni siquiera nos dignamos a tener tales sentimientos. Y sé que no es ese tu caso. Yo estoy simplemente triste, por eso me alegro de que me hables de la caricia del agua, del sol, de la brisa, de la piedra, en tu piel. Al hacerlo, me recuerdas que mi tristeza es también transitoria.

Quizás porque estoy triste, no me apetece meterme en toda una cuestión retórica sobre si Europa o América o cualquier otro continente (Asia y África tienen sus propias cuotas de sangre, dolor e injusticias y, en todo caso, todas estas divisiones y clasificaciones son pura invención, una invención que estamos acatando al hablar como lo hacemos). Pues eso, que no voy a entrar en qué continente debe acarrear la culpa de lo que está pasando en el mundo. La causa última es, sin duda, la estupidez humana, que valora la tecnología por encima del desarrollo humanístico; la misma estupidez que nos hace admirar a los *triunfadores*, aunque la experiencia nos diga que, con frecuencia, el triunfo conlleva traición y mentiras. El otro día estaba viendo uno de esos *reality shows* en que meten a un montón de gente en una casa o en una isla o donde sea y, al final, uno de ellos gana un montón de dinero. A pesar de lo poco que me gusta la televisión, la pongo de vez en cuando porque el ruido me hace compañía. En fin, a lo que iba: ¿sabes quiénes han sido los primeros eliminados? Los más fuertes y lo más inteligentes. ¿Sabes por qué? Porque un grupito de *débiles* decidieron aliarse para eliminar a los que eran la amenaza más clara, amenaza para el triunfo individual de cada uno de los débiles. Lo que yo no me explico es cómo pueden ahora confiar los unos en los otros. Todo esto me hizo pensar si quizás el ser humano como especie ha estado haciendo lo mismo desde el principio de los tiempos. ¿Será que hemos ido aniquilando a los mejores entre nosotros y, al final, nos hemos quedado un montón de inseguros que no podemos confiar en los demás porque sabemos de lo que nosotros mismos seríamos capaces? *What a depressing idea, isn't it?* Ya ves como ando.

En fin, querida, olvida la culpa y vive la felicidad cuando decide visitarte por sorpresa; siempre somos mejores personas cuando somos felices. Además que te conozco y sé que tus fotos son mucho mejores cuando no están borrosas por el efecto de esos nubarrones que se te cruzan entre los ojos de vez en cuando. Estoy deseando verlas.

rosa mARtirizada.

P. D. Mañana salgo para Boston. ¿Alguna posibilidad de que nos juntemos?

Cambridge, 8 de junio del 2003

Dearest Charlie,

Prométeme que no te me vas a casar. De pronto, todo el mundo se casa. ¿Qué le pasa a la gente? Parece que a nadie se le ocurren estilos de vida alternativos. Hubo una vez, o por lo menos eso dicen, que se creyó en la posibilidad de establecer modelos diferentes. Ya sé que lo de las comunas que querían los hippies tampoco es la respuesta, pero por lo menos se les ocurrió hacer algo que no es lo mismo que la inmensa mayoría lleva haciendo desde nadie sabe cuántos años. No sé por qué pienso en estas cosas estos días. Debe ser la primavera; el sol calentando la tierra, la hierba loca por lucirse, el azul de las aguas del mar cada vez más intenso, las parejas de jóvenes y de locos apretujándose por los rincones. Seguro que es todo eso. Y probablemente algo más. El caso es que me parece una estupidez casarse; establecer el hormiguero, llevar comida al agujero, follar con el mismo sujeto de por vida, porque si no ya me dirás que clase de putón pensarán que eres.

Hoy me ha sorprendido de lleno la belleza de estar viva. Salí a despojarme del moho de los archivos y me encontré de frente al río, ya sabes, el *Carlitos*. Quería cantar. Cantar y no hacer nada, no pensar, no decir, sólo sentir. Me senté en unas rocas, junto al agua, y se me acercaron unos niños que me preguntaron, *Are you enjoying the view?* Ellos también estaban felices. Igual que la niña que me decía, *What are you doing?* Y cuando le dije que nada, no pudiendo entender la respuesta, continuó, *Watching the water?* Niños que aún confían en los demás y no les da miedo o vergüenza o pereza o desidia o lo que sea hablarles a desconocidos que miran al río sentados en las rocas. ¿Cómo conservar esa actitud cuando te conviertes en padre/madre/educador(a) y tienes que enseñarles que puede ser peligroso hablar con desconocidos? Estamos jodidos, Charlie. Nos hemos montado un tinglado que a mí personalmente cada vez me gusta menos.

Que se case quien quiera y que tenga niños quien quiera. Que sigan ellos echándole leña al fuego, o la bola rodando, o el sistema perpetuándose. Yo no contribuyo. Me niego en redondo. Me niego a participar. Me niego a comprometerme. Me niego a despertarme cada primavera con la misma persona al lado simplemente porque así se decidió en algún momento, aunque fuera yo misma quien lo decidiera. Ni matrimonios ni ONGs. Este va a ser mi lema de ahora en adelante. ¿Qué te parece?

¿Y tú cómo estás? ¿Sigues prefiriendo la compañía de los peces? Debe ser eso. Y así está bien. Ya me contarás.

Besos,

doñA Rosita la soltera.

21 de junio 2003

anoche volví.
hoy leo tus últimas misivas
que te ubican a este lado
(en el pretérito reciente).

sí, estuve con los peces
el barro, la selva que desaparece
y gente que aún sabe reír.

de haber sabido a tiempo
que venías hubiese preferido
caminar a las orillas del "carlitos".

aunque allí el sol no llega
y como dice la canción hay que estar

> *rayando el sol*
> *rayando por ti*
> *esta pena me duele*
> *me quema*

Maná

2 de julio 2003
algún lugar en California

hola querida magnolia,

hoy volví a tropezar con la palabra paralelepípedo. tal
cual esa vez que comíamos con Francisco, me pasé 2
minutos repitiéndola, a ver si cabía en esta cueva
hablante que llamamos boca. la lengua se ejército lin-
damente, aún así me queda un poco grande la palabra.
me pregunto por qué la habrá usado Cortázar. el lec-
tor/a ya captaba que el ladrillo de estructura paralelepípeda (usémosla en toda manera posible) forma esquina con lo que se erige como rutina en el tiempo. pero
también está el impacto visual, siendo también esa im-
bricación de masa endurecida que se eleva, repitiéndose
hacia arriba y hacia los lados hasta formar una muralla
de paralelogramas, lo que nos impide o nos restringe o
sencillamente nos aprisiona tras la muralla rutinaria.

por otro lado estrella de la noche, el vocablo usado por

Cortázar irrumpe en la uniformidad oral. imagínate el espectáculo: todo lector/a intentando pronunciar la palabra dos o tres veces antes de continuar con la lectura. cada uno con sus propias peculiaridades. ¡cacofonía! o tal vez sería como un tartamudo o para ser menos cruel, es un espontáneo *rewind* como cuando no pudimos descifrar ese sonido gutural de borracho perdido que emite Nicolás Cage en *Leaving Las Vegas*.

¿te diste cuenta, rocío de la madrugada, que en el diccionario el sustantivo de Cortázar está en el mismo plano visual que el vocablo paradiástole? ¡esa sí es una palabrota! toda palabra que apunta a una figura retórica es tremenda, ¿no crees?

¿crees tú que paralelepípedo es un sinónimo efectivo para ladrillo? ¿podríamos reconocerlo como tal? ¿y cuáles son las diferencias que se resaltan al usarlas dentro de un mismo párrafo? ¿y por último querida Ros, a quién coño le ha de importar si lo que Cortázar iluminaba sin nombrarla era la monotonía?

hoy *ella* –la innombrable— se viste diferente pero sigue presente, mírala aquí en mí:

nacen pájaros con tres cabezas. escorpiones que persiguen su propia cola. perros que quieren volar y se tiran de un tercer piso. nacen gemelos que comparten un cerebro, mujeres con dos vaginas, hombres con corazones demasiado grandes. gracias a dios que nacen estos "deformados." qué sería de nuestros días, uniformes, indistinguibles, semana tras semana, si no fuera por todo aquello que nos asalta, que nos tumba de asombro, que interrumpe la monotonía de tener que despertarnos todos los días y enfrentarnos a ESTO que hemos creado.

así también se caminan estas calles de la bella California, *the dream state*.

Date: Mon, 14 Jul 2003 19:35:17
From: anarosa@restauro.com
To: charlie_be@lomani.com

Hola Carli.

Como parece que lo del paralelepípedo te llevó por caminos
insospechados hasta arrojarte de bruces contra el rosario de
la aurora en el que se mueve la monotonía, te voy a contar
algo gracioso. Acabo de verlo en las noticias del Canal Sur,
televisión autonómica de Andalucía; según un estudio cientí-
fico elaborado en alguna universidad de la región, los jóvenes andaluces tienen el mejor semen de Europa. Su calidad,
que se mide, por lo que han explicado, de acuerdo con la
cantidad de espermatozoides por centímetro cúbico de semen, es superior. Es decir, que cada gotita del preciado líquido está saturada de bichitos felices de estar tan apretadi-
tos y calentitos. Ese es el semen de nuestros potentes chi-
cos. El de los nórdicos, por el contrario, es de la peor calidad; líquido de muy poca consistencia dado el bajo número
de bichitos que en él navega, especialmente en el de los fin-
landeses. Quién lo iba a decir, hija, tan altos ellos y tan ro-
bustos. Pues así mismo como lo oyes. Será que el nivel de
desarrollo económico es inversamente proporcional a la calidad de la semilla. Y si la semilla es peor, también lo será el
fruto de la misma. Así que qué importa que sean más ricos,
si nosotros somos mejores. Vamos, que esto es más o menos como la versión científica de *Los ricos también lloran*.

Y la cosa no se queda ahí. Según parece hay un pequeño
problemilla con el semen de los muchachos andaluces.
¿Tienes alguna idea de qué puede tratarse? Sí hija, sí, la
movilidad. Parece que aquí los espermatozoides se toman
las cosas con calma: se saludan, se visitan, se toman la cer-
vecilla y la tapa, se echan la siesta, y quién sabe qué otras
cosas harán en su peregrinación. Supongo que pensarán
que para qué van a apurarse, si total al final siempre se llega, de todas formas. ¡Hay que ver las cosas que nos enseña

la ciencia: hasta los espermatozoides son perezosos en esta tierra!

un besAzo, coRazón.

P. D. ¿Te acuerdas de Javier, aquel monumento cuya foto tuve a bien plastificar y mandarte? Ha reaparecido.

Date: Thu, 17 Jul 2003 22:07:15
From: charlie_be@lomani.com
To: anarosa@restauro.com

Ani,

te escribo sin tiempo. preparo el portafolio que espero me dé el *gig* para cumplir con todos mis sueños (más recientes, por lo menos). si me lo dan te escribo desde allá.

oye, lo del espermatozoide andaluz me causó mucha gracia y me aclaró el por qué quedé tan prendidita de tu primo cuando te visitó. no sé si el espermatozoide tiene que ver con los humores o estos con las feromonas, pero cada vez que lo veía me daban ganas de olfatearlo como sabueso.

pronto te escribo.
chao, gotA de Río

Sevilla, 27 de julio del 2003

Querida Paz:

Qué dulce suena tu nombre en medio de tanta locura. La guerra continúa; la gente sigue muriendo sin saber muy bien por qué. Como siempre. Nuestro presidente Ásnar, como lo llama su amigo Bush (a mí me suena a asno) no le hace caso a nadie y se empeña, en contra de todos, en seguir en la Coalición. Algo esperará sacar de todo esto, supongo. Todas las guerras se hacen siempre por algo, aunque a veces ni siquiera la perspectiva histórica aclara las verdaderas razones que mueven a los que las inician.

Estoy en la última parada de mi peregrinación en busca de datos para el proyecto de *los caminos del dinero en el XVII*. Me paso las mañanas y las tardes en el Archivo de Indias removiendo papeles, pero en las horas abrasadoras del mediodía busco rincones fresquitos por el Barrio Santa Cruz en los que tomarme unas cañas y unos boquerones en vinagre, antes de echarme la siesta. Ya sabes cuánto me gustan. Ayer se vino conmigo un historiador extremeño que conocí en el Archivo. Me contaba que su tío abuelo había estado en la guerra de Cuba. Curioso los nombres tan diferentes con los que nos referimos a este conflicto en los diversos países implicados. Lo que es para los españoles la Guerra de Cuba es para los cubanos la Guerra de Independencia y para los estadounidenses la *Spanish American War*. Supongo que cada uno nombra de esta manera los verdaderos resortes que los llevaron a la contienda: Los españoles luchando por mantener el control sobre Cuba, los cubanos por su independencia, y los estadounidenses para avisarle a la vieja Europa que había perdido los últimos vestigios de su influencia en América. El imperio agonizante recibe el golpe de gracia y sus últimas posesiones pasan a ser poseídas por la nueva y pujante nación, que empieza a robarle el nombre al resto del continente. La vieja España llora la pérdida de Cuba como Boabdil lloró la de Granada. De Puerto Rico, Guam y las Filipinas no hay nadie que se acuerde, excepto ellos mismos, claro.

El tío abuelo de este colega del que te hablo había sido porquero en el Valle de la Serena. Pasó los primeros diecinueve años de su vida cuidando cochinos y compartiendo el chozo de sus padres con ellos y con otros nueve hermanos. Cuando lo llamaron para hacer el servicio militar, ni siquiera sabía dónde estaba Jaca, lugar al que lo habían destinado. No sabía leer ni escribir, no sabía qué era Cuba y, cuando lo embarcaron en Vigo, vio el mar por primera vez. La familia sólo recibió una carta que el tío hizo que un compañero le escribiera días antes de zarpar. Parece que estaba contento; vivía una aventura que lo superaba y se sintió importante. La carta refleja, por lo visto, que se había creído la retórica militar y estaba orgulloso de ir a servir a la Patria. Más tarde supieron por conductos oficiales que murió nada más desembarcar en Santiago de Cuba: Su piel, su sangre y sus huesos unidos irremediablemente a esa tierra desconocida para toda la eternidad.

Poco ha cambiado después de más de cien años. Ayer moría un muchachito de Wisconsin en Irak aplastado por un tanque; su sangre absorbida por la tierra. Es posible que él tampoco supiera qué es Irak antes de llegar allí. Por cierto, ¿cómo se llama esta guerra y cuáles son exactamente los bandos combatientes? Ni siquiera mi experiencia de historiadora me sirve para entender las dimensiones del conflicto. O será que no quiero entenderlas, que me niego a justificar muertes injustificables?

Cara Paz de mi alma, a alguien tenía que pasarle mi neura y nunca he conocido quien sepa escucharme mejor que tú.

Mi proyecto va bastante bien. Tengo un montón de material y creo que va siendo cosa de ponerse a escribir. Que los dioses me den la serenidad necesaria.

¿Cómo estás tú?

Cuídate mucho; no quiero ni pensar qué pasaría si me faltARas.

Date: Sat, 2 Aug 2003 09:35:01
From: charlie_be@lomani.com
To: anarosa@restauro.com

desde la Habana, Cuba

la soledad es así Rosi, te hace rastrear las calles como perro
vagabundo, desesperadamente. crees que en cualquier
vuelta de la esquina encontrarás ese pedazo de pan que alguien tiró puerta afuera (en este caso restaurante afuera) y
podrás seguir respirando un día más, aún cuando te falta el
aire, el agua, el roce tierno de una mano que también te
busca. miras a tu alrededor y pasan ojos, narices, labios por
encima de estos ladrillos de caoba que algún esclavo en algún momento de una historia que nadie quiere recordar tuvo
que acarrear uno por uno, también, falto de calor humano.

el sudor hace brillar mi piel de color cobrizo. el sudor baña
las calles proveyéndole sal a los perros sarnosos. el sudor,
el calor empañan la lente y no logro captar esa mirada que
atraviesa los ojos de aquel/la turista que ha venido a buscar
a alguien que lo/a reconozca. o tal vez, sencillamente, a alguien que acepte su cuerpo envejecido y maloliente por años
dedicados a consumir carnes quesos licores y cigarros. que
lo acepte por unos pocos dólares que ya no le sirven para
nada excepto esto, pagar para que lo/a toquen, para sentir
que sigue respirando, que la sangre aún hace surcos por su
cuerpo.

voy caminando a paso de tropa por estas calles que prometen días "calientes" a la sombra de algún edificio carcomido
por la sal, el tiempo y la falta de recursos. prometen el roce
de un cuerpo joven en alguna discoteca donde todos buscan
lo mismo y por eso se refriegan sin pudor. voy caminando y
se resbala el sudor, empapando mi camisa, haciendo pesado
el pelo e hinchando mis pezones. el hambre que grabo en la
lente se desborda por mis dedos, antebrazos, hombros y me
encuentro rastreando como rastrean ellos las calles donde
alguna vez se cantó *hasta la victoria siempre*.

no sé si podré estar mucho más. la lente ya no me ayuda a ordenar los olores, lo visto, lo que me toca.
¿por qué no vienes Rosi? hoy te necesito.

Date: Tue, 5 Aug 2003 09:32:23
From: charlie_be@lomani.com
To: anarosa@restauro.com

desde la Habana, Cuba

me dirijo hacia el Vedado, línea G entre la 19 y 17. me pier-do. tomo el malecón. hace una hora que lo camino, única manera de llegar a todo lugar. le pregunto a un mulato pa-rado con una bolsa de víveres, *dónde estoy, cómo llego.* se ríe diciendo algo en cubano negro que no entiendo. luego me dice, *sígame que voy para allá. hoy los orishas le son-ríen, voy a casa de mi madre.* caminamos, subiendo calles mal cuidadas y calles bien barridas. cruzamos calle Neptuno y un mercado de frutas. quiero parar y comprar un mango porque las fuerzas me faltan para seguir caminando pero me da vergüenza mi debilidad. Enrique sigue caminando lento y seguro con sus pantuflas que no protegen sus pies. me hago la fuerte mientras él señala tal y tal calle para que la próxima vez no me pierda. me instruye para poder llegar de punta a punta cuando yo quiera. *una vez llegas a la univer-sidad doblas hacia la derecha*, me dice. *es inmensa*, contes-to. *toda una ciudad*, dice con orgullo y me nombra todas las facultades representadas. a*hí estudié contabilidad por tres años. no me gustó. lo dejé. ahora soy barrendero de ca-lles. errores que uno comete, ¿sabe usted?* quiero sacarle una foto o dos pero otra vez me da vergüenza. no sé qué me pasa. llegamos, nos damos las manos mojadas de su-dor. *le agradezco infinitamente su ayuda*, le digo verdade-ramente agradecida. *se le quiere, no lo olvide. usted está bendecida*, me dice y al sonreírme sé que hoy ha sido un día mejor. y tal vez me quede.

¿qué te pasa que no vienes A.R.?

Date: Wed, 13 Aug 2003 11:04:15
From: charlie_be@lomani.com
To: anarosa@restauro.com

desde Cienfuegos, Cuba

me siento a conversar. una cerveza lagartija. en alguna
parte música. sus ojos abarcan todos los matices de negro
fulgurante. narra rápido, como el torrente de un río después
de la lluvia.

*me levanto compartiendo la madrugada con los que son la
fuente de mi felicidad. mi esposa mis hijas me saludan con
cariño. el día adquiere velocidad, pronto salgo por la puerta
para enfrentarme a las horas de trabajo. al cerrar la puerta
voy pensando en ellas, en lo que me espera a lo largo del
día, pienso en cómo es que llegué a esta coyuntura. entro a
la oficina un tanto irritado por los cambios con los cuales no
estoy de acuerdo. de vez en cuando oigo un "buenos días",
como a lo lejos. pero ya no son sanos, son dichos por cos-
tumbre. hubo un tiempo en el que fui feliz, era útil, cons-
truíamos todos juntos. éramos cómplices, es cierto, de un
sistema que ahora no cumple con sus promesas. en los últimos años ando lleno de inquietudes, e incertidumbre, quisiera dar un salto y verme rodeado de lo que fue, o de algo
diferente. volver a aquel tiempo cuando había cómo ser feliz. me atormentan preguntas que no se me hubiesen ocurrido nunca ¿habrá existido alguna vez esa plenitud o fui yo
quien me engañé? ¿se hubiesen ido los otros si todo era
como me lo imaginé yo? ¿existió la felicidad o es que para
serlo hay que caminar medio ciego? ¿por qué ya no puedo
cegarme? la imaginación ya no es parte de mi trabajo, la
disciplina no tiene otro propósito más que el seguir órdenes
que son tan arbitrarias como ineficientes. pero voy a trabajar, cumplo con mis horas, me desdoblo entre el querer llevar
a mi familia a un lugar diferente y el estar aquí en mi país.
aunque ya no estoy tan seguro dónde es aquí. me atormen-
ta la pregunta, ¿hasta qué punto contribuyo yo a lo que se es
ahora en este lugar? pero pienso en mi familia y todo lo que
quiero es darle un futuro a mis hijas y verlas felices.*

hoy no he sacado fotos Rosi pero no las necesito para recordar cada expresión fugaz que animaba ese rostro amable al hablar.

sigo esperando a que vengas.

Madrid, 18 de agosto del 2003

Querida Carlota,

vas a tener que perdonarme, aunque sólo sea por la larga historia que nos une. Sé que puede parecer que te he estado ignorando, al no contestar ninguna de las cartas que me mandas desde Cuba. Pero no es a ti a quien ignoro, es a mí misma; no es tu llamada a que me reúna contigo en la Habana o Cienfuegos, es la llamada de algo dentro de mí la que no me atrevo a responder porque me parece que no estoy preparada para ello. Cuba me echa a la cara todas mis contradicciones de intelectual progresista habitante satisfecha del mundo desarrollado, según lo llaman.

Hablas de tus paseos por las calles de la Habana y de la respuesta de tu propia sensualidad al comercio sexual que ha terminado por convertirse en uno de los caminos más fáciles de recorrer en la búsqueda de divisas que ayuden a mantener vivo el sueño de la revolución. En esas calles, como dentro de mí misma, el llamémosle *hombre viejo* parece seguir exigiéndole sacrificios constantes a ese *hombre nuevo* cuya llegada nos anunciaron de una manera tan poética a principios del siglo pasado y por unos instantes llegamos a pensar que se había producido en los años 60. Un hombre y mujer nuevo/a olvidado/a de su egoísmo, dispuesto/a a participar en la construcción de ese mundo nuevo en el que el amor a los demás superaría la afición por uno/a mismo/a; un mundo en el que la renta per cápita, alta o baja, no sería la abstracción resultante de sumar la pobreza de unos

106

con la riqueza de otros y dividir la cifra obtenida por el número de habitantes, sino algo real, la cantidad exacta con la que contaría cada individuo para subsistir.

Esa era la meta y nunca supimos que el trabajo para lograrla llegaría a ser tan arduo. Yo sigo creyendo que existe la posibilidad, que del mismo modo que hemos aprendido a valorar la retórica del avance personal, de perdedores y ganadores, podríamos aprender a valorar la retórica de la igualdad. Pero para ello necesitaríamos cambiar no sólo las estructuras socioeconómicas en las que se sostiene nuestro mundo, sino también las estructuras mentales en las que se sostienen esas estructuras socioeconómicas. Tal como están las cosas, el proyecto del hombre nuevo es como nadar contracorriente en un río en el que la fuerza del agua supera en millones a las del nadador, una hazaña imposible. Y sin embargo ahí está Cuba, sobreviviendo con todas sus contradicciones. Y aquí estamos los demás, haciendo esa supervivencia cada día un poco más difícil, forzando al país y a sus hombres y mujeres nuevos/as a prostituirse, pagándoles para que admitan de una vez por todas (de hecho o de palabra) que se han equivocado, que éramos nosotros los que teníamos razón; arrastrándolos con nosotros en nuestra caída, convencidos de que su necesidad de vender caricias es más patética que nuestra necesidad de comprarlas, exotizando su belleza para poder sentirnos un poco más conformes con nuestra propia fealdad.

Entiendo el desencanto de ese narrador anónimo de Cienfuegos al que no le importó sacrificarse porque estaba convencido de que, mientras lo hacía, construía un mundo mejor para todos; entiendo su autocuestionamiento frente a la posibilidad de que sus hijas nunca lleguen a vivir la realidad que él, junto con muchos otros, entrevió un día. Pero también entiendo que él, y los que como él soñaron contracorriente, no es el único que contribuye a lo que se es ahora en ese lugar; yo también contribuyo. Y tú, Charlie. Y todos, en este mundo sinsentido que estamos tan contentos de habitar. Todos, absolutamente todos, contribuimos de una u otra manera; ese lugar no sería ahora lo que es si todos hubiéramos creído la promesa del *hombre nuevo* y hubiéramos trabajado juntos para hacerla realidad. Por eso no puedo encontrarme contigo en Cuba, porque cuando estoy allí me agrede la estupidez humana y en esos momentos no suelo ser buena compañía.

Te echo en falta, aunque no me haya atrevido a visitarte.

A. R.

19 de agosto 2003
Trinidad, Cuba

querida Ros,

me voy yendo.   vuelvo a Califas donde pasaré unos meses en el laboratorio.

en Trinidad he caminado más lento. tiempo tuve para darme cuenta del esfuerzo que toma conservar/restaurar una ciudad denominada Patrimonio de la Humanidad por alguna agencia u organización "mundial" que se ha denominado con el derecho a denominar tales cosas. *¿la vai cachando?*

ironías: para restaurar (tal cual lo fue durante la colonia) necesitan madera. Trinidad y Cuba en general están faltos de madera. los colonizadores, paulatinamente, destruyeron fauna y foresta indígena. ahora por decreto de "alguien", lo que fue construido por aquellos que destruyeron ha de ser conservado. pero no hay con qué.

diferente el caso de Cuenca (España). más fácil conservar piedra, reforzarla con más piedra que se levanta haciéndole sombra al río. ahora es centro turístico por excelencia. recuerdo haber bajado por escaleras de piedra, entrar a un museo, también de piedra, equilibrándose sobre un abismo.

el absurdo: una vez conservado (lo que ahora es museo) encontraron necesario poner vidrio a las ventanas y usar aire acondicionado. el esmog y otros contaminantes que emiten los autos turísticos están dañando el interior del edificio donde se acumulan, royendo lo que había estado en pie desde el medioevo.

¿qué será lo que quieren recordar estos que deciden qué ha de ser eterno y qué no? calles de piedras ensangrentadas como éstas de Trinidad, muros de piedras también ensangrentadas por manos forzadas a la labor bruta, como las de Cuzco y las de Cuenca. qué fascinación tenemos con la sangre y la piedra.

Ros, esta ciudad no te la puedes perder. hay labios y piernas cuyos movimientos fascinan. hay ojos que te miran con cariño y curiosidad. hay manos que se abren para ofrecerte lo poco que tienen, para señalarte algún callejón del que no te diste cuenta, atontada por lo mucho que te rodea. hay dignidad en el caminar bajo este sol incesante y cruel.

A.R., no llegaste, ahora debo irme pero volveré y sé que tú vendrás y caminarás las mismas calles. todos venimos a caminarlas buscando a Cuba (la que nos construimos para satisfacer nuestras fantasías o apaciguar culpabilidades y picazones de toda índole), en cambio lo que encontramos es a la Juana que resucita bajo los pies de tanto europeo. pero si tenemos suerte, Rosi, nos encontramos con los que viven aquí, a pesar y contra toda vicisitud.

intentaré venderle algunas fotos a la profesora de la Uni de Santa Cruz. me dicen que está por terminar su libro de investigación sobre el impacto del turismo en Cuba. ¿qué "originales" somos, no cierto?

29 de agosto del 2003

Charlie, encanto, qué razón tienes en eso de la obsesión con la conservación y con ponerles nombres grandilocuentes a las cosas. Yo creo que lo único bueno que sacan todos esos pueblos y ciudades que son declarados patrimonio de la humanidad es que, de vez en cuando, reciben algún dinero de la UNESCO. Lo malo es que lo que se persigue con tal nombramiento es, en la mayoría de los casos, atraer el turismo, que trae además de dinero, contaminación ambiental, ruidos y trasiego. Y claro, se cae en los absurdos que tú señalas; el otro día oía que una de las pirámides de Egipto (no sé cuál de ellas) ha sido totalmente reproducida para que la visiten los turistas, con lo cual se conserva la original mientras los visitantes se pasean por las entrañas de la copia admirando su grandeza. Si tan poca diferencia hay entre el original y la copia, ¿a qué tanta preocupación? Yo tampoco lo entiendo.

Lo que sí entiendo, sin embargo, es que la sangre en las piedras sólo la vemos unos pocos. La mayoría sólo ve las piedras, los conocimientos de ingeniería que sugiere la superposición de las mismas. Y cuando algo parece demasiado perfecto, prefieren pensar simplemente que fueron los extraterrestres que nos visitaron en el pasado los que acometieron su construcción. Por hipótesis raras que no quede. Todo menos admitir que nuestros antepasados eran igual de salvajes y sofisticados que nosotros, igual de complejos y contradictorios, capaces de elevar monumentos a la vida de ultratumba en cuyo proceso de construcción se mandaba allí mismito a quien hiciera falta. Nos hemos pasado nuestra historia matando al ser humano para alimentar al dios pequeño y egoísta que todos llevamos dentro, pero eso no pueden verlo los que son incapaces de ver la sangre en la piedra.

Yo creo que la fascinación con las construcciones del pasado es una manera de lidiar con nuestra ansiedad ante la muerte, la última frontera, como tú la llamas. Al contemplar esas construcciones humanas, nos sentimos eternos; tenemos la ilusión de que efectivamente algo queda de nosotros, algo que otros podrán contemplar en el futuro. En fin, yo que sé. A mí me interesa más la gente que los monumentos, así que no suelo pensar mucho en la arquitectura, sea ésta de piedra o de madera.

Quizás tengas razón, quizás debamos hacer un viaje juntas a Trinidad. ¿Sabes que Javier es de por allí?

A Ratos, me invades con tu mirada y no puedo dejar de pensar en ti (aunque no te escriba).

24 de septiembre 2003

mi querida azelia,

llegué cansada del viaje. el apartamento tenía una capa de polvo y luego las horas en esa penumbra del laboratorio... creo que esta vez estuve fuera por demasiado tiempo, aunque los días del calendario no tienen nada que ver con el tiempo que estoy viviendo. total, me he puesto a limpiar las esquinas y encontré una preciosa foto de cuando todavía fumabas. dicen que el cigarrillo cubre los poros, roe los pulmones y hace quién sabe qué daños más. me lo imagino como esa neblina persistente y constante que cubría la ciudad de Santiago el año pasado cuando estuve ahí. un siglo de mugre emitida por automóviles, micros, buses, taxis y motos, plasmándose primero en las grietas, luego en la cara misma de los edificios de las calles céntricas de Santiago. la ciudad estaba más gris que nunca con toda la contaminación y el ozono que se deteriora.

pero no te escribo para destacar lo dañino del cigarrillo (como decía mi abuela, *de algo hay que morirse*). más bien lo hago para decirte que la foto es una verdadera imagen de *coolness*. tus ojos azules acentuados por la camiseta a rayas también azules que usaste aquel día están mirando directamente a la cámara. te rodea una nube de humo que refracta la luz del flash, suavizando la ironía que se ve en esa media sonrisa. ya no recuerdo la razón de la foto o a qué respondía la sonrisa, aún así la foto es cautivadora. supongo que la imagen, vaciada de su bagage emotivo, hace resaltar la presencia del sujeto (la personalidad de éste) en el momento propio que yo la miro, acentuando así mi acto de voyeur. podríamos decir que es muy diferente a lo que ocurre en aquel cuento de Cortázar donde el momento de la foto (los actos que transcurrían) toma prioridad en el imaginario del espectador (era un francés-chileno, ¿no?) hasta que recrea detalles entramados que se sobreimponen, borrando así su propia realidad y su postura de voyeur, forzándolo por último a intervenir. hace tantos años que lo leí y todavía recuerdo la conversación aquella que tuvimos mientras nos tomábamos la botella de vino que había traído Francisco.

qué más te puedo decir, te ves fabulosa, sea en mi tiempo, el tuyo o el que ha de existir para otro que mire la foto. te mandaré una copia para que te recuerdes siempre bella.

hasta la vista Azelia.

10 de octubre del 2003

Es el efecto de Cuba. Lo del cansancio, digo. El tiempo pasa de otra manera allí porque cada segundo acumula demasiadas sensaciones contradictorias; todo parece ser por lo menos dos cosas a la vez, como si Eleguá se hubiera vuelto loco y anduviera por ahí plantando cruces sin sentido en todos los caminos.

Yo llevo un par de meses escribiendo sin descanso; retirada del mundo. No escucho la radio ni pongo la televisión ni leo los periódicos ni miro el Internet. Salgo a la calle sólo de vez en cuando para comprar comida y tabaco. Sí hija, sí; he vuelto a fumar. Así que, al recibir tu carta me he sentido como si estos últimos años no hubieran pasado en absoluto; como si me hubieras entregado esa foto en mano mientras yo saboreaba un cigarro y tú tosías y me hablabas del ronroneo de tus pulmones. Los míos, como sabes, son fuertes; parecen seguir intactos, aguantando valientemente toda la mierda que les echo.

Ya te escribiré más cuando se me pase la presente obsesión con terminar el libro.

AbRazos.

P. D. No me mandes esa foto; no quiero verla.

Date: Sun, 30 Nov 21:07:37
From: anarosa@restauro.com
To: charlie_be@lomani.com

Ayer le mandé, por fin, el manuscrito terminado a mi editor.
No te imaginas la alegría que sentí al poner ese punto final.
Sé que tendré que volver al texto e incorporar las sugeren-
cias de los evaluadores, pero por ahora me siento liberada.
Estoy deseando retomar la vida que existe más allá de la
soledad de la escritura; ver amigos, visitar a la familia, ir al
cine, leer novelas, salir a pasear, de compras. Lo bueno de
este retiro auto-impuesto es que me ha dado bastante esta-
bilidad. Cuando recuerdo como andaba el año pasado por
estas fechas, me doy cuenta de que estoy mejor cuando me
doy tiempo y espacio para pensar y me alejo de todos esos
ruidos que tanto pueden llegar a distraerme. El problema es
que no es fácil hacerlo; el mundo que alimenta el ruido ejer-
ce a veces una atracción demasiado fuerte. Sabes a qué me
refiero.

Se me acaba de ocurrir que, si no tienes planes para el fin
de año, deberíamos vernos en San Antonio. Sería bonito
volver a pasear por esas calles en las que nos descubrimos,
bailando como posesas bajo las estrellas, entre humos in-
toxicantes, olores sugerentes y sudores excitantes. ¿Recuerdas mis carcajadas de borracha enajenada cuando me
dijiste que vivías en Hartford? Yo recuerdo perfectamente el
signo de interrogación que se te marcó en el entrecejo cuando me eché a reír y la impaciencia creciente de tus ojos al
ver que no paraba. Podríamos visitar a John y a Rey y celebrar la llegada del 2004 en el *Candlelight*. ¿Qué te parece?

espero tu respuesta, cARa.

Date: Wed, 3 Dec 2003 23:46:01
From: charlie_be@lomani.com
To: anarosa@restauro.com

¿San Antonio? ¿el Candlelight? John, Rey y no te olvides
de Peter, hombre de la India adoptado cuando niño y traído
a este continente por pareja blanca, estéril pero con buenas
intenciones.

¿por qué no, Rosi? hoy, dónde tú quieras.

5 de enero del 2004
En el avión, de vuelta a Madrid.

Cara, no puedo dejar de pensar en ti. La alegría de haber compartido estos días contigo no es suficiente para borrar otros dos sentimientos que se niegan a abandonarme desde que nos despedimos en San Antonio; tristeza y preocupación. Tristeza porque me ha parecido que a ratos te me escapabas; en medio de un paseo o de una conversación sobre cualquier cosa, me mirabas como ida, como si el espíritu se te hubiera escurrido entre los dientes, dejando tu cuerpo convertido en un cascarón frágil e inútil. Estoy acostumbrada a tus *salidas del mundo*, pero en esas excursiones siempre me has llevado contigo; te ibas de todos pero nunca de mí y yo sabía que volverías porque, en realidad, no te habías ido del todo. Esta vez ha sido distinto, como si por primera vez tuvieras un gran secreto que no quieres o no puedes compartir. Supongo que ésa es también la razón por la que estoy preocupada. Lo achacas todo a tu cansancio, ese gran cansancio del que llevas hablando meses, y yo no sé si se trata de algo somático o es sólo un sentimiento que te permite ignorar que te estás zambullendo en un terreno bastante peligroso. Lo mismo que todo ese querer indagar en el futuro por medio de cartas y caracoles; otra señal clara de no estar en paz con tu presente. Tienes que prometerme que harás algo más que darles vueltas a las especulaciones de Lucrecia. Por favor.

Ojalá esta postal tan bonita te dé un poco de alegría. Recita conmigo estos *Conjuros para amar* una y mil veces, como si de un mantra se tratara. Los encontré impresos en el corazón del sol y pensé que podrían servirte.

Conjuros para amar

Que la tarántula duerma,
que la lluvia no cese
y el pedrizo elimine
al gusano que estrese.

Que las rocas se vistan de colores,
los milanos esperen en las ramas,
los eruditos celebren los amores
y el sexo salga a veces de la cama.

Que el coral se disuelva entre los dedos
y el ámbar se derrita entre los dientes,
que las olas ahuyenten tiburones
y los sentidos escapen de la mente.

Te llamo en cuanto llegue a casa.

un AbRazo sin medida.

Date: Tue, 6 Jan 2004 16:25:07
From: anarosa@restauro.com
To: charlie_be@lomani.com

Charlie, querida, adivina quién estaba esperándome ayer en
el aeropuerto. Plantado allí mismito, frente a la puerta, con
las manos hundidas en los bolsillos, una sonrisa a medias y
ese brillo que se le pone en los ojos cada vez que me rozan
sus labios. Nos fuimos de Barajas directamente a la cama y
metidos en ella nos hemos pasado más de 24 horas, comiendo cacahuetes pelados como si fuéramos la Chita de
Tarzán y bebiéndonos el uno al otro.

Sé que entenderás que no te llamara ayer. Lo haré dentro de
un rato porque ahora seguro que todavía estás durmiendo.

cuídate, cARa

18 de enero 2004
Santa Clara, Califas

aquí estoy A.R.

he seguido tus consejos y aquí estoy, sentada, esperando mi turno. pronto me llamarán y han de triturar los
senos hasta decir basta. dudo que lo que encuentren, o
no, sea la causa de este cansancio.

te lo dije, ¿verdad? tal vez no porque hablamos de tantas cosas y sobre todo Ros, caminamos. qué lindo es
caminar las mismas calles, a la misma vez, ¿no crees?
mejor no habértelo dicho, sé como te pones cuando
hablo de estas cosas: en agosto (cuando en la Habana)
Lucrecia me echó las cartas. lo de siempre (más o menos): amores inconclusos, imágenes, aquélla que se encuentra lejos y una sombra que se acerca. no pudo ela-
borar en esto último. lo otro me pareció obvio, tanto
que creo que la mujer es telepática, pero esto último, no
sé.

la cosa es que hace rato que siento el cansancio que no-
taste. sí, en cuanto llegué fui donde la médica. resultado: todo como debería estar. colesterol: 130 (en total).
no encontró señas de diabetes, ni úlceras, tampoco de
bacterias estomacales procedentes del agua potable que
tomé en Cuba. no existe infección dudosa de ninguna
índole. aún así, el cansancio es como si la sombra fuese
un muerto que acarreo en las espaldas. voy a tener que
hacerme un despojo, tú.

bueno, cachito de sol, ya me llaman y me llamarás.

p.d. ¿así que volvió a aparecer Javier?

Date: Sun, 25 Jan 14:54:32
From: anarosa@restauro.com
To: charlie_be@lomani.com

Acaba de llegar tu postal. Me encanta. La voy a poner en la cocina para que sea lo primero que vea por las mañanas mientras hago café. La verdad es que no hay nada como una buena ejecución del blanco y negro en fotografía.

Así que una sombra que se acerca, un muerto que acarreas en las espaldas. Yo creo que todos acarreamos no uno sino muchos muertos, montones y montones de ellos. Si el despojo va a hacer que te sientas mejor, ve y háztelo; a ver si así se te pasa el cansancio. Aunque, la verdad, a mí siempre me ha parecido que, tratándose de fantasmas, vale más aprender a vivir con ellos que intentar quitárselos de encima. Habla con esa sombra, te aconsejaría mi abuela; pregúntale quién es y qué quiere de ti, indaga. Y eso te aconsejo yo también: habla con tu sombra, Charlie, que el dolor y la melancolía no hay sangre de pollo ni vísceras de chivo que los laven.

te llamARé para darte las buenas noches.

Date: Fri, 30 Jan 2004 06:23:05
From: charlie_be@lomani.com
To: anarosa@restauro.com

A.R.

¡¡ya no más!! me llega la noticia que al nieto de mi tía lo mataron en Bagdad. un *shrapnel* penetró su casco, haciéndole pedazos el cráneo. aún así el cuerpo duró 3 días, lo suficiente para volarlo a Alemania y darle tiempo a su esposa de verlo hinchado y deformado. ella abortó unas horas después de verlo y supongo que al darse cuenta que quedaba abandonada con una niña de dos años y uno que hacía dos meses se daba forma.

¿cuándo ha de parar esto, Ros? ¿acaso tenemos que cada uno de nosotros conocer a alguien personalmente para que nos demos cuenta que hay que ponerle frenos a la ambición del que se viste de la palabra de dios? ya no sé lo que es sagrado.

me estoy quedando sin aliento, creo que es de rabia. quisiera volver a refugiarme en las calles de San Antonio contigo a mi lado.

p.d. ¿así que te enamoras?

Date: Fri, 30 Jan 21:43:05
From: anarosa@restauro.com
To: charlie_be@lomani.com

Sé que sonaría a recurso barato decirte que no tengo palabras para contestar lo que leo en tu mail, pero es la pura
verdad; no las tengo. Esta guerra, que se acabó ya hace
años en plural, no se acaba nunca. Sigue arrojándonos ca-
dáveres y lisiados a la cara, sigue destrozando familias y
produciendo seres que no lo pensarán dos veces antes de
coger un fusil o plantar una bomba en cuanto sus fuerzas se
lo permitan, y sigue creándonos mala conciencia a los que
no vemos la manera de ponerle fin. Yo me siento tan impo-
tente que he recurrido a ignorar la realidad; ya sabes, *ojos
que no ven, corazón que no siente*. Cómo para no tener
sombras que se acercan por todos lados exigiendo una par-
cela de espalda en la que instalarse. Pero hay que seguir
viviendo, Cara; la vida es lo único que tenemos.

Si crees que un refugio temporal te ayudaría, refugiémonos
unos días donde tú quieras. Mi editor no me ha mandado las
críticas todavía, así que sigo más o menos de vacaciones.
Siempre podrías venirte para acá y conocer a Javier, que el
pobre está deseando. Tú dirás.

A. R.

Los Caños, 7 de febrero del 2004

Qué postal tan extraña, ¿verdad? Es lo último que una
esperaría encontrar en esta parte del mundo. Quizás por

eso me llamó tanto la atención cuando la vi en nuestra librería de Cádiz. Fue una experiencia curiosa, como si los pájaros y tus ojos fueran todo lo mismo, asaltándome desde el cartón amarillento. Es un campo sembrado de cuervos, una colina cuya blancura les ha cortado las alas y agarrado las patas. Lo extraño es que tal inmovilidad, en contra de lo que sería lógico suponer, les da serenidad. Todos felices en su estatismo, mirando a la nada en la misma dirección.

Llevo unos días viajando por el sur con Javier. No sé qué me está pasando; desde que volví de San Antonio, he estado como en una nube. Su deseo inflama mi deseo que inflama su deseo que inflama. Apenas comemos ni dormimos y, cuando andamos por la calle cogidos de la mano, el asfalto se ablanda, los colores se intensifican y el tiempo no se mueve. A ratos, pierdo la noción de todo lo que he sido antes de él.

Pero no me olvido de ti.
A. R.

Date: Wed, 11 Feb 2004 20:25:21
From: charlie_be@lomani.com
To: anarosa@restauro.com

bueno Ana,

ellos sofocándose, asándose, muriéndose en el desierto y yo aquí a vísperas de montar otra exposición. esta vez Joaquín hizo la mayoría del trajín porque yo, como sabes, me siento un tanto perdida (y ya sé que estoy "sonando" a disco rayado).

los de la expo somos cuatro, Cecilia ya no puede. el espacio es más grande (más fotografías expuestas por persona) y la galería está localizada frente al Bank One, el de la sede central de San José. no sé cómo Joaquín se consiguió el espacio. tengo la sospecha que el novio ese tan escondidito que se tenía, es el dueño o por lo menos el que está a cargo de la galería. como sabes, se obtiene un Ph.D. en Historia del Arte y eso oficializa y ratifica el dictamen que determina quién es buen/a artista y quién no – excepto cuando lo que decide es el deseo de quien se deja sobar.

pero qué digo. mejor imagínate a Joaquín usando servilleta de lino, para la risa. con lo que le gusta usar las manos para todo. a propósito a Cynthia le ha salido un *gig* envidiable: Greenpeace le ofreció el puesto de fotógrafa documental de la organización, fabuloso.

esta vez si que voy a necesitar vender algo, cristal encendido.

Date: Thu, 12 Feb 2004 13:17:03
From: anarosa@restauro.com
To: charlie_be@lomani.com

¿Dónde está el desierto, Charlie? Para mí, ciertos espacios son como el pasado, mundos que se escapan a mi esfera de influencia; situaciones, historias, coyunturas que sólo puedo explicar. Y esto, sólo a partir de los escasísimos datos a los que tengo acceso. La explicación los ordena, les da sentido. Así puedo dormir tranquila. Aunque, a veces, el desierto está en mí y la guerra en el desierto, yo en la guerra, las bombas en el cerebro, la ceniza en la garganta. Yo también me quemo. Una y otra vez. Y Javier es un río revuelto en cuyas aguas me baño una y otra vez.

Ojalá vendas mucho.

Date: Fri, 13 Feb 2004 04:13:21
From: charlie_be@lomani.com
To: anarosa@restauro.com

dear Annie,

los desiertos como las pasiones son incomparables y tal vez es mejor no compartir ciertas cosas.
p.d. saludos a Javier

Date: Fri, 5 Mar 2004 07:01:12
From: charlie_be@lomani.com
To: anarosa@restauro.com

Ros – Anne
¿hablamos?

Date: Tue, 9 Mar 2004 22:07:56
From: anarosa@restauro.com
To: charlie_be@lomani.com

Javier anda muy extraño. Lleva días negándose a darme la
más mínima señal de que está conmigo cuando estamos juntos. Todo empezó con la muerte del gato. Se le escapó y lo
atropelló un coche. No sé qué mecanismos se desataron en
él; es como si otro espíritu hubiera ocupado su cuerpo. Sé
que el dolor a veces nos hace reaccionar de maneras ines-
peradas, pero esto va mucho más allá de lo explicable. Todo
es en apariencia lo mismo entre nosotros. No ha habido re-
proches ni discusiones. Y, sin embargo, nada es igual. Ha
empezado a decir que se vuelve a Cuba, que nunca debió
salir, que uno no puede ignorar sus raíces porque tarde o
temprano terminan por atraparte (por algo son raíces). Y yo
no entiendo nada. Su ausencia me mata. Mirarlo me encoge
el corazón y hacer el amor con él es como tener a mano un
consolador que, de puro sofisticado, no puede consolar. Justo cuando empezaba a creer.

Fuera todo es crispación y tontería pre-elecciones, con carteles y mítines por todas partes.

Date: Thu, 11 Mar 2004 18:49:31
From: anarosa@restauro.com
To: charlie_be@lomani.com

Perdona que estuviera tan poco comunicativa cuando llamaste. Te agradezco enormemente que lo hicieras, aunque
prácticamente no haya abierto la boca. Es que no hay palabras para describir tanta locura. Los políticos llevan todo el
día viendo cómo logran sacar tajada de los órganos y pedazos de seres humanos que salpican el asfalto de Madrid. La

gente quiere entender y se agarra a cualquier explicación que se le ofrezca por incoherente que sea. La razón nos ha abandonado a todos. Nos movemos como animales en la jungla; pidiendo sangre para lavar la sangre, más dolor que limpie el dolor, culpables que castigar, en este melodrama de malos y buenos que nos consume a todos.

Yo me he quedado sin recursos, sin ganas de encontrar las causas objetivas que me dejen convenientemente fuera del huracán. Sólo se me ocurre rezar (a pesar de mi ateísmo), pedirle a algún dios que se apiade de nosotros. Ora conmigo, Carlota, unamos nuestra plegaria al grito de Lole, que en otros tiempos y por otros motivos, también sintió la necesidad de rezar con su canto:

Señor de los espacios infinitos,
tú que tienes la paz entre las manos,
derrámala, señor, te lo suplico,
y enséñales a amar a mis hermanos.
Enséñales lo bello de la vida
y a hacer consuelo en todas las heridas,
a amar con blanco amor toda la tierra,
buscar siempre la paz, señor, y odiar la guerra.

O algo así. Yo en el *hacer* del sexto verso siempre he entendido *ver*. No tengo ni idea de qué puede significar eso de ver consuelo en las heridas.

Las imágenes de la tele me traen a la memoria a Javier y a su gato, ambos despedazados, mientras a mí me helaba la sangre el frío de Madrid.

Date: Tue, 16 Mar 2004 23:09:26
From: anarosa@restauro.com
To: charlie_be@lomani.com

Javier se va. El también debió pensar en su gato el otro día. Esta mañana, mientras todo Madrid ejercía su derecho al voto con una convicción que será difícil mantener, él se fue a una agencia de viajes a comprarse un billete para la Habana. Ha dejado de creerse lo de la democracia igual que un día dejó de creerse lo del socialismo. De momento no hemos contemplado qué pueda pasar con lo nuestro. El se va, yo me quedo y ya veremos lo que el futuro nos depara.

Mis compatriotas están de enhorabuena. Han salido a votar en masa, como hacían en los mejores tiempos de su recién estrenada democracia, y han logrado cambiar el signo político del poder. O, por lo menos, eso creen. Hay un ambiente de euforia general al que, por más que quiero, no puedo sumarme. No niego que la marcha de Javier pueda tener mucho que ver con este estado de ánimo, pero creo que hay más. Por supuesto que Zapatero me parece menos dañino, pero este cambio, como el otro que otros socialistas proclamaban en el 82, terminará no siéndolo del todo. A fin de cuentas, el poder nunca ha estado en manos de la política sino en las de la economía y a esas manos no hay elección que las derroque.

A. R.

marzo 2004

querida A.R.

me tiro a poeta – otra vez. las imágenes me desarman, me descuartizan y no puedo más que refugiarme en una forma lírica, ya que el rezo, aún cuando unido al tuyo, no acalla esta zozobra. no miento que hubiese querido ser poeta, pero la palabra no me llega fácil, tú ya sabes. mas no puedo cargar con las imágenes que no me dejan. me acompañan a la hora de acostarme y caminan a mi lado en los sueños. ya no se quedan congeladas en un cuadrángulo mate que yo misma he desarrollado, intentando poner orden a lo que veo huelo y toco. por eso hoy vuelvo a la palabra. no importa si lo que escribo es bueno o malo. ni siquiera te molestes en decírmelo. sólo escribo para poder vaciarme de lo que la lente graba en mí. y tal vez para abrir un espacio donde puedas caber una vez más sin reparo.

Bombas en Bagdad

TIMES MAGAZINE
página de índice.
parte inferior a la derecha.
a side commentary:
muere, joven guatemalteco
de diecinueve años.
soldado. ciudadano póstumo.
ilegal (en algún momento lo fue).
ahora,
the first casualty
de un bombardeo más
en Bagdad.

NEWSWEEK
two-page spread.
niño descuartizado.
sobre el catre sólo un tronco
unido a un cráneo sin ojos.
la piel cayéndose a pedazos.
vivo, se ahoga.
los pulmones negros
porque ha caído una bomba más
en Bagdad.

WWW.WEB SITE.ORG
pixels en una pantalla
dan forma a rondas de mujeres desnudas.
brazos, pies, senos, vientres redondos.
un signo de PAZ rebota de satélite a satélite.
cuerpos blandos, quebrantables
yacen sobre piedras impasibles.
cuerpos expuestos que perturban
pero no conmueven a aquellos
que una vez más
bombardean a Bagdad.

CNN INTERNATIONAL.
digital cable. special report.
doctores sin fronteras.
bisturí en mano
roban tiempo a la muerte.
caen inútiles capas de epidermis,
músculos, tejidos, uno que otro miembro.
Faltos de plasma, jeringas, tubos,
bolsas de sangre, *lifelines*
que se desintegran
bajo las bombas que caen
sobre Bagdad

Correos electrónicos. *virtual chat rooms.*
cadenas, notas, cartas de todas partes.
¡ATENCION! se queman los libros
de antiguo conocimiento.
¡AVISO! no hay comida, falta el agua
arrasa la disentería, hay toque de queda.
¡PELIGRO! sopla el viento,
se destruye el medio ambiente.
¡PELIGRO! sopla el viento,
llueve la contaminación
sobre los bosques de Malay
y las aguas del Orinoco.

L'EXPRESS INTERNATIONAL.
revista francesa. portada a colores.
George se pasea con chaqueta de aviador
a lo *Top Gun.*
sonríe,
impregnando la historia
con esos sueños delirantes
que tienden a tener
hombres diminutos como él.

7 de abril del 2004

Carrasquita, ¿cómo podría yo decir si tu poema es bueno o malo? Ya sabes que para mí las artes no son más que una manera de documentar la realidad; las obras que logran hacer eso, me gustan y las que no, no. Por eso, porque documenta una realidad histórica de nuestro presente, lo que ocurre y lo que algunos sentimos, me encanta tu poema. Y por lo mismo, porque describe otra dimensión enteramente real del mundo en el que vivimos, me gusta también este otro que te mando. Lo he encontrado por ahí entre mis papeles; no tengo ni idea quién lo ha escrito ni cuándo. Puede ser que yo también me tire a poeta en mis pesadillas o puede que se lo robara a alguien.

Involución

grillos que impiden pensar
fuertes, ostentosos
repletos de deberes urgentes

aspiraciones creadas por la desazón
que el ruido comunica

desafío constante al raciocinio

anestesia generalizada
ante el dolor propio y ajeno

incomunicación de grillos gritones
en la burbuja estruendosa
en la que se debate la conciencia

ciao, cARa.

2 de mayo, 2004
en la carretera

querida Puri,

ayer tomé la carretera y me di cuenta que conocía el
camino. eran como las cuatro y el camino me pareció
más dulce. esta vez la radio ya no tocaba a Carole King,
ya sabes ese famoso *Tapestry Album* con el cual te aburrí
el año pasado cuando en San Antonio: *If you're down and
troubled and you need a helping hand.* ¿ya recuerdas? esta
vez escuchaba el album *Mi Tierra* de Gloria Estefan. me
encontré pensando en el destino. el mismo que me situó
en una carretera camino al pueblo de Flagstaff en el norte de Arizona. a mi derecha y barranco abajo fui testigo
de un arco iris suspendido sobre un ciclón. quise pa-
rarme a sacar una foto y no pude. la presencia de esa
fuerza natural, arrasando a lo lejos con todo lo que encontraba en su camino, mientras que de donde yo estaba
el arco iris se extendía iluminando mi camino, me llenó
de respeto, asombro y un profundo sentido de belleza.
después seguí de largo y las millas se desenroscaron
largas y estiradas montaña arriba.

en un día me alejé del sol y la Raza para llegar a un
pueblo rociado de nieve tardía, de gringada juvenil acarreando carteles a favor de *a right to peace.* con frijoles y
tortillas crucé el paso de la montaña para encontrarme
con restaurantes que sirven *California avocados* y *café lat-
tes with a pinch of nutmeg.* Puri, estoy aprendiendo a leer
de nuevo. voy suspendiendo recuerdos mustios. y me
doy cuenta que esta nieve no tiene antecedentes. estoy
sonriendo Puri. ya sabes que siempre me ha costado
distinguir entre tanto pelaje rubio y ojo azulado (aunque tu paquete siempre fue diferente y más apetecedor).
quiero romper el bagaje que he ido acumulando, comprar nuevas maletas. total Puri, no todo gringo es blan-

co y no toda América es gringolandia.

de aquí me iré a México.
Puri la carretera se ha tornado en mi único constante.
aunque tú sigues siempre presente.

15 de mayo del 2004

Tú paseándote por el mundo y yo peleándome con él.
Javier me llama pidiéndome que me vaya con él y yo no
sé cómo explicarle que no puedo. Ni siquiera sé por qué
es tan fuerte este sentimiento, pero sé que irme sería
acabar, tarde o temprano, con todo lo bueno que me
provoca su persona. Y, a pesar de ello, no puedo dejar
de pensar en él. Su ausencia se ha instalado en el centro
del cuerpo, me roe el estómago y me quema la garganta.
No sé como alimentar a ese monstruo para que se calme
su desazón y me deje en paz. Ando como una loca, saliendo hasta las tantas todos los días, bebiendo y fumando como cuando tenía 20 años — por lo menos, así he
estado hasta ayer.

Anoche me encontré con una gente que no veía desde
hace siglos. Nos fuimos de copas y, después de unas
cuantas, me dio por bailar. Ya sabes, yo conmigo misma,
sin darme cuenta siquiera de lo que se cuece a mi alrededor. No sé cómo ni por qué, de pronto me encontré
contoneándome para este personaje que había aparcado
también por allí. No es ni guapo ni feo, ni gordo ni fla-
co, ni joven ni viejo. Parece que es rico y tiene título no-
biliario. Cualquiera sabe. El caso es que se prendó de
mí, *de la manera en que mi cuerpo se hace uno con la música*
(ya hay que ser hortera para ir hablando por ahí de esa
manera). Le he dado mi número porque, a pesar de todo
lo que no me gusta de él, logró fascinarme. Si fue su
persona, sus millones o su título (que la verdad, en es-

tos días, resulta bastante sexy) no sabría decírtelo. Quién sabe, hasta es posible que fuera solamente su interés.

Recordaba, mientras bailaba, esa tarde en Cuba que fuimos a la ceremonia Yoruba (para turistas, claro) y me dio por estar más poseída por los dioses que ninguno de los participantes. ¿Recuerdas que aquella mujer me dijo, *hay una gitana muy guapa que te protege*? ¿Recuerdas que yo me reí y tú me dijiste que esos comentarios nunca deben tomarse a broma, que a veces los demás ven cosas que a nosotros nos pasan desapercibidas? Aquello devino parte de mi mitología personal y desde entonces, cada vez que alguien hace un comentario relacionado con la enajenación que me posee mientras bailo, pienso en aquella tarde. Ayer también me pasó; pensé que ojalá haya una gitana muy guapa que me hace de ángel de la guarda, porque Changó está revuelto últimamente y no deja de acuciarme con su mensaje de guerra y fuego.

Hoy me he despertado entre las sábanas de la cama de hotel del catalán. El monstruo ha estado tranquilo todo el día.

fecha borrable
lugar inexacto

querida Rosa,

el segundo se hace eterno jugando entre niños a las escondidas. en un pestañear desconozco el paisaje, el verbo, la palabra, esa pregunta que es producto de la inseguridad. entre batallas con celadas de cartón me despliego con risa lunática. soy púgil que decapita las eternidades, grabándolas secretamente; como ésta de los hongos regalados... son cinco cápsulas. él las ha preparado. comemos tragamos y el mundo de Alicia se hace líquido. río aquella risa. intenta amordazarme, creyendo que he perdido el control. no puedo dejar de reír y la cámara la dejo de lado. hago una serie de *cartwheels.* entre tanto, iluminada por luces centelleando en gotas de agua, una calle se desenrosca ante mis pies. *shut up*, me dice, olvidándose de su hibridez. yo también me olvido y río en español. *shut up or I'm taking you home.* H O M E que palabra más extraña, saliendo de una boca distorsionada por la inexistencia del tiempo. de repente callo, estoy ante el secreto de la humanidad. se van derritiendo máscara tras máscara ante mí. el bagaje de un hombre amontonado en ojos, nariz, boca, pelo, cayendo pecho abajo. un niño sin cara, sin nombre, tirita de inseguridad, doblado bajo el peso de aquél que me grita, *I'm taking you home.* H O M E. rápido un espejo, máscara tras máscara caen a mis pies. aterrada doy latigazos a esa pequeña niña: "dóblate más derecha, junta más aparte las rodillas." tiritando, la vulnerabilidad me ataca. corro bajo la lluvia, recojo mis escombros, llego a la habitación, espero el fin de esta eternidad.

espero que me entiendas.
ya vuelvo a casa.

19 de junio, 2004
San Antonio, TX

ayer volví a San Antonio. estaba en Oaxaca. en algún momento comprendí que tendría que volver a este lado del Río Bravo, mas no pude alejarme mucho de esas tierras que empolvan mi piel, así que aquí estoy. ¡cómo me gusta hablar el castellano en todas sus variaciones! me di cuenta de ello aquella vez cuando juntas aterrizamos en esta ciudad y desde el balcón de Rey y John veíamos llegar el anochecer. yo hacía poco que había llegado a este lado del río. me sentía aún sin casa y sin propósito al no tener a mano las cámaras. lo único reconocible eran tú, John y Rey. sin embargo, cuando a John le daba por hablar en inglés me daba cuenta de lo equivocada que era mi coordenada mental. qué locura es ésta, la de intentar vivir lo cotidiano con atención e intención. un momento estoy parada en el centro de una ciudad que todavía acarrea el peso de la colonia en su nombre, Trinidad de Sancti Spíritus y después estoy aquí, en la ciudad de un santo más muerto que un rey en su alma.

¿por qué será que entre tanto latinaje que me rodea son siempre los cubanos los que me desequilibran? ¿recuerdas esa noche? más surreal no podría haber sido. tiré mis huesos sobre esa silla porque no creo que bajo las condiciones que me encontraba haya podido mover mi esqueleto con mucha gracia. en cambio, esa cubanita, tan llenita, nacida en el *good ol' USA* no podía haber sido más graciosa. sus piernas rebosantes en esa faldita a medio muslo eran el nido que Rey añoraba (por lo menos por esa noche). me lo imaginé hundiéndose en los pliegos que se abrían para acomodar ese cuerpo que cada año parece más redondo.

te has dado cuenta, Rosa nocturna, que a los hombres cuando mayores les sale una panza parecida a la de una mujer embarazada? ¿le has hecho el amor a un hombre con tamaña protuberancia? yo no (todavía). supongo que requiere posiciones alternativas. ¿será ella o él quien tiene que buscar tras el monte el tronco en el arbusto? bueno, no importa. esa noche la exploradora, definitivamente, era ella. me sentí triste. tanto anhelo, tanto juego para poder decir que esa noche compartió sus jugos con un compatriota (aunque ambos estén modificados por el tiempo y las fronteras). ¿por qué me sentí triste? te preguntarás. porque llevaba todavía el recuerdo de un cubano que se creyó lo de la Revolución. sus ojos negros de azabache, atormentados, me habían clavado contra el horizonte trinitario. irónicamente, a él le gusta usar la misma gorra de béisbol que le gusta usar a Rey. la diferencia es que Rey esconde la calvicie y aquél se protege del sol a falta de cremas SPF 15-36-48. qué te puedo decir Pura, el espectáculo me incrustó en la silla, única posición que me permitía resistir la arremetida de las contradicciones que vivía en el momento.

anochece en San Antonio. quisiera que volvieras a caminar el *River Walk* conmigo. pero sigo teniendo que enfrentarme a las calles de las ciudades de América a destiempo de tu presencia.

28 de junio del 2004

Qué alegría recibir tu carta y poder pensarte en coordenadas espaciales conocidas. Con frecuencia, intento en vano visualizar un escenario en el que situarte. San Antonio es otra cosa. Mi mente te encaja perfectamente en sus múltiples rincones; caminando por el *River Walk*, regateando con los vendedores del Mercado, saboreando un vino de tu Chile querido en el patio del bar de Peter, o buscando flores a las que atacar con tus cámaras.

Las casualidades, como casi siempre, se encadenan. No hace mucho hablaba con una amiga de esa noche, embriagadora para mí, que refieres en tu carta. Le comentaba que aquella noche de solsticio de verano, de San Juan, brujas, trasgos y espíritus, me dejé atrapar por el duende del baile. Le decía que bailando me despojé de todo y de todos, me limpié, alejada como estaba de cualquier cosa que no fuera mi propio placer. ¿Recuerdas que bailé toda la noche? Sentía la música en las venas mezclándose con mi sangre y jugo linfático, haciéndose yo, haciéndome música. Bailé con los ojos entrecerrados, alimentando mi propia excitación, excitando mi propia sensualidad, y viéndoos a todos a través de las rejas y sombras que tejían mis pestañas: Tú, tirada en la silla, observando los juegos de unos y de otros, tentada de participar a ratos, pero no lo suficiente para hacer el esfuerzo que ello te hubiera exigido. Rey ejerciendo más que nunca, como todo rey a punto de ser destronado; con un ojo en la cubanita sabrosona, que es posible que prometiera más de lo que estaba dispuesta a dar, y el otro en ti, que estoy segura le parecías la mujer más fascinante (léase enigmática y atractiva) que hubiera conocido jamás. John, quién sabe; tal vez dejándose acariciar por la brisa, el calor y el embrujo de la noche del sur, como sorprendido de que todo eso de verdad le estuviera pasando a él. Y ahora me entero de que estabas triste y pienso en lo solos que estamos siempre, hasta cuando nos acompañan las personas que más queremos. Jamás lo hubiera imaginado. Esa noche yo la viví no como un momento surreal sino como una escena *cronopiaza*, de ésas en que los Famas y Esperanzas duermen profundamente y los Cronopios aprovechan para salir a ponerlo todo patas arriba. Claro que no me extraña que la superproducción de feromonas desatada por el baile me hiciera verlo todo un poco distorsionado.

De la barriga que se les pone a los hombres con los años prefiero no hablar ahora. Diré simplemente que una termina haciendo cosas que nunca hubiera imaginado y, una vez hechas, no hay razón para imaginarlas. Los buches protuberantes estorban pero no impiden; para follar, el único requisito es que dos personas tengan las ganas suficientes (ni siquiera lo que provoca esas ganas importa demasiado). O algo así.

¿Por qué no te vienes unos días C(orazón) P(erfumado)?
Contigo es más fácil bailar.

Enormísimos abrazos vuelan en tu busca.
Azucena mancillada en espeRa de consuelo.

2 de julio, 2004

querida mía,

ahí estaba yo, en el YMCA intentando mantener firme
estas carnes cuando por la tele anuncian la muerte de
Marlon Brando. tengo que admitir que sentí pena. nos
alimentamos de los íconos de Hollywood no teniendo
otra manera de romper la burda rutina en la cual se torna la vida y cuando mueren, si no han sido reemplaza-
dos ya, en poco tiempo aparece otro que usaremos como
escape, desangrándolos de su humanidad. nunca fui
una *fan* de Marlon, aunque me fascina el nombre. hay
momentos espeluznantes que recuerdo y aún tiemblo al
extraerlos de la memoria; cuando por ejemplo bajo la
lluvia grita con gran angustia "¡Estela!" en *A Street Car
Named Desire*. te admito que el grito se quedó vibrando
en mi garganta. y por supuesto está esa articulación de
mi propio horror en *Apocalyse Now*. la película en sí me
causó pesadillas, imagínate oír la voz de Marlon justo
antes del despertar diciendo "*the horror, the horror*", sa-
biendo dentro de ti que lo fue. ¡¡terrible!!

sé que para ti no es lo mismo. aunque recuerdo bien tu
indagación existencial cuando murió la *Lady Di*. escribiste tal ensayo en torno a la eternidad y lo efímero que
te apremiamos con el título de "filósofa del departa-
mento." lo de la princesa nunca me afectó de tal manera. será que a este lado del Atlántico las princesas y su

corte son demasiado infantiles, siendo en la niñez el único período cuando frecuentan nuestro imaginario (digo yo que nunca me creí lo de las princesas y los sapos hechizados).

que crees que recordarán más los espectadores, la imagen de ese Brandon vestido de motociclista rebelde con mirada penetrante o la del padrino en *The Godfather* cuando besa a aquél a quien habían de matar. yo voy a recordar al gordo de las últimas películas. al que baila en la playa con Faye Dunaway por ejemplo, o al que está sentado, escondiéndose de sus enemigos al lado de una piscina puertas adentro que sólo Robert De Niro sabe encontrar.

ya, no tienes para qué apuntar hacia la ironía que implica el hecho que a mí, que batallo tanto por mantenerme en forma, me guste recordar al Marlon gordo. te diré por qué. hace algunos años leí una entrevista donde decía que tal como era ahora (gordo y fofo) era una persona más amable porque era feliz. ya sabes Anita que al fin de cuentas sólo creo en la felicidad. que la busco, la rastreo como perro sabueso por las calles libros imágenes. no me refiero a esa felicidad fácil y temporal, la que viene si te tiras un tipo muy bien adiestrado o la que surge si te tiras una línea de coca. aunque te parezca demasiado ingenua, sé que tiene que existir aquélla que te llene tanto que parte de ti ha de morir, porque sería inútil intentar seguir como antes una vez has vivido tan plenamente feliz. un minuto, un momento, un segundo siquiera, Anita, quiero sentir que me ha matado la felicidad.

no me olvido que pronto es tu cumpleaños.
te los deseo buenos a ese otro lado del charco que ya no lo es.

10 de julio del 2004

Recibo tu carta y es como si un chaparrón me hubiera caído encima mientras dormía y me hubiera sacado de golpe de mi ensimismamiento. Llevo unos días de retiro; ya sabes, uno de esos momentos de hartazgo del mundo en los que decido no enterarme de lo que pasa a mi alrededor. De manera que has sido tú, Cara, quien me ha comunicado la muerte de ese gran rebelde de Hollywood que siempre fue Marlon. Tienes razón, es un nombre precioso.

La muerte otra vez. Siempre asomando sus narices en nuestras vidas. Lo hace todos los días, pero las muertes anónimas no tienen el mismo efecto en nosotros. Los famosos, por alguna extraña razón, nunca pierden su aura de semidioses y, cuando los vemos sucumbir, la certeza de que nadie puede evitar hacer ese viaje raramente planeado se vuelve aplastante. Es verdad que lo de Lady Di me impactó; no porque fuera princesa, y no sólo porque era famosa. Era además joven y, según podíamos ver los que no tenemos más acceso a esos mundos que los medios de comunicación, lo tenía todo, y todo lo dejó tras de sí en su fulminante y espectacular salida del escenario. Entonces como ahora, me asalta la constatación de que yo también me acabaré, perderé la conciencia de mi ser y la del mundo, y una vez que los que me quieren y los que me odian dejen de nombrarme y de pensar en mí, será como si nunca hubiera existido. No me da miedo, es sólo perplejidad. Y me parece normal esta reacción ante lo desconocido, la incertidumbre, tan acostumbrados como estamos a pensar (tontamente, por cierto) que si hay una sola cosa sobre la que tenemos control, ésa es nuestra propia existencia.

En cuanto a Brandon, no me sorprende en absoluto que

te quedes con el gordo que vimos en sus últimas películas. Yo también. La primera imagen que me vino a la mente al leer la noticia de su muerte en tu carta fue la de ese baile en la playa que mencionas. ¿Era eso en *Don Juan Di Marco*? Después me han venido otras, pero ésas ya no tenían la misma fuerza.

No te sobrepases con el ejercicio, que tus carnes están estupendas como están. Están vivas, chARlie, y eso es lo único que importa.

25 de julio 2004
Sacramento

rayo de sol,

yo no te olvidaré aún cuando ocupe otras coordenadas. y aunque ocupemos universos diferentes (porque a veces ocurre que debemos cumplir nuestra existencia lejos de los que hemos llegado a conocer en éste) te mandaré saludos con los vientos. entonces cuando la brisa te acaricie el pelo tras la oreja, convéncete que seré yo quien te saluda.

es cierto que nos rodea la paulatina descomposición de cuerpos muertos. estos no siempre muertos por razones que deberíamos aceptar sin cuestionar. pero de que hay que morir, hay que morir, hay que dejar de ser lo reconocible para todos (tal vez es mejor decirlo así). en el aire, la tierra se encuentra todo residuo, percatable por medio del olor o el constante raer del polvo sobre nuestra epidermis. ¿qué es morir? al fin y al cabo. obviamente un acto interpretable ya que cada cultura le da significado diferente. lo que no logramos aceptar es el tener que desprenderse de este cuerpo, templo, casa, vehículo. como si a lo largo de nuestras vidas no fuese esta misma materia la responsable por tanto dolor. dolor de cabeza, estómago, pecho, extremidades – y eso sin especificar lo que causa el dolor a dichas partes: leucemia, sida, sífilis, cólera, así *ad infinitum*.

¿ser como si nunca hubiésemos existido? tendríamos que ser como las vacas, ¿no? súbditos de alguien o algo que nos agrupara sin distinguir las diferencias que hace a algunas más gordas, a otras más negras, a otras lecheras y otras reproductoras de su especie. pero somos quienes decidimos calzar nuestro destino (aunque, tal cual has destacado, no necesariamente en control de lo que nos hace caminarlo). imagínate si nos convenciéramos de una vez que el único destino es morir. entonces podríamos gozar todo minuto, todo abrazo, mirada, roce. nos dejaríamos de calumniar a los demás, de tener envidia, de pelear porque al fin y al cabo no hay cómo ganar el juego. claro que algunos se morirían, tiesos y alicaídos, porque dejarían de caminar, aterrados por el futuro que sólo les promete la muerte. pero no se trata de eso, se trata de vivir el momento de una manera más completa, más feliz, sea siendo gordo como Marlon, en motocicleta como Steve McQueen o haciendo de paracaidista bajo el sol.

no pienses mucho en estas cosas que son una trampa mental. una vez caes en ella das vuelta siempre en torno al mismo eje. no tiene respuesta, no tiene luz, no tiene razón. preferible equilibrarse sobre un abismo, el aliento a todo galope, que caer en esta trampa.

un beso ciega caminante.

13 de agosto del 2004

No es la certeza de que he de morir lo que moldea mis

actos, Charlie. La muerte, como te decía, sólo me causa perplejidad. Ser fuera de este cuerpo, casa, templo, vehículo, es algo que, aunque sea la verdad última, como tú sostienes, mi razón no logra descifrar. Además, ser o no ser después de este cuerpo no me preocupa en absoluto. Si ese es el caso, está bien y si no, también. Lo que a mí me pesa es la vida, el tener que despertar cada mañana, procurar sustento, relacionarme, echarle cemento a las piedras de esta casa para que no se desmorone, gasolina al vehículo para que siga rodando. Es eso que algunos llaman instinto de supervivencia lo que a veces me abandona. Y, entonces, el templo exige sacrificios a cambio de certezas. El mundo líquido de Alicia es los ojos verdes de Bécquer, una llamada constante a la que resulta difícil sustraerse, la noche oscura del alma, el retiro de los místicos. Lo que podría ser juego, amor y plenitud no se queda más que en drogas, sexo y *rock'n rol*.

El conde me estima; llama cada vez que viene a Madrid, lo acompaño y lo pasamos bien. Es agradecido y generoso, pero no exclusivista, así que me he hecho con un puñado de buenos clientes con los que aprendo más del material que están hechas las casas de esta aldea de lo que me gustaría saber. Hay de todo: abogados, economistas, políticos. Creo que, de ahora en adelante, voy a empezar a hacer historia además de escribirla. Están entrando demasiados datos en mi cabeza, datos que algunos podrían utilizar para empezar a darle un giro radical a este tinglado. Nuestros vehículos no pueden funcionar sin gasolina y el petróleo se está poniendo demasiado caro.

Como ves, no es tan malo doblarse más derecha y juntar más apARte las rodillas.

Date: Sat, 28 Aug 2004 15:44:05
From: charlie_be@lomani.com
To: anarosa@restauro.com

lirio querido,

vuelvo a Cuba. me voy el martes. ya te cuento. puede que
necesite que busques consejo legal. ya veremos. primero
me voy a Toronto, un *gig* fácil pero me abre la puerta para
volver a Cuba. cuídate que no sé en lo que andas.

un besote en cada mejilla como hacen ustedes los españoles.

Date: Sun, 29 Aug 2004 10:57:03
From: anarosa@restauro.com
To: charlie_be@lomani.com

¿Qué vas a buscar a Cuba? Allí no hay nada. Es todo puro
espejismo; retórica vacía que insiste en predicar lo que pudo
haber sido y se quedó en poco más que proyecto. Hazme
caso, Cara. Sabes que no es sólo de política y procesos históricos de lo que hablo.

Septiembre del 2004

Hola querida.

Te escribo desde un avión. No voy a decirte a dónde
voy porque me gusta confundirte y, a la vez, pensar que
piensas lo que quizás nunca se te ocurriría. Qué sé yo.
Puras tonterías mías. Nos hemos relacionado tanto
tiempo que ya no sé si realmente nos conocemos o nos
inventamos la una a la otra con cada carta, cada postal,
cada visita. Qué más da. Ni nosotras ni nadie tiene una
esencia inmutable lista para ser conocida. ¿Cuántas tú
has sido desde que nos conocimos? ¿Y cuántas yo he sido yo? Creo que lo que hago en cada misiva es mandar-

te una pieza de mi puzzle, a ver si con el tiempo logras recomponerme a tu antojo.

Los aviones son lugares interesantes en lo que a ver distintas caras se refiere. Aquí estamos todos. *Nadie se conoce*, que diría Goya. Nos damos miedo. Aunque, curiosamente, el sentimiento que se impone es la confianza, *trust*, fe en que todos somos buenos, estamos sanos y a nadie se le va a ocurrir empezar a pegar tiros o tirársele al pescuezo a alguien para morderle la yugular. Confianza ciega porque la necesitamos para seguir vivos y funcionando. Y, sin embargo, es tan fácil percibir el miedo en algunas caras, tan fácil oler la ansiedad que escapa por los poros de los que se nos sientan al lado, delante o detrás.

Estoy muy rara estos días. Ya te habrás dado cuenta. Me asaltan múltiples pensamientos que poco tienen que ver unos con otros. Es como si todo lo que importa anduviera nadándome por el cerebro en un desorden que a veces me resulta delicioso y a veces agobiante.

Y tú, ¿cómo estás? ¿Qué tal se ha portado esta vez lA Revolución?

Date: Wed, 6 Oct 2004 23:01:15
From: charlie_be@lomani.com
To: anarosa@restauro.com

reina,

disculpa el mensaje tan corto después de estar un mes afuera. el viaje me ha dejado bastante cansada. te escribo sólo para agradecerte. no sé cómo lo lograste pero me salvaste de hacer el ridículo. J.M. al final no está dispuesto a irse sin sus hijas (que ya son mayorcitas). y yo no quiero ser madre ahora – tampoco antes (obvio). ¿qué se va a hacer con estos cubanos enraizados a contracorriente de un presente que no deja de fluir en todas las direcciones a la misma vez?

¿y lo de Javier, qué? se hizo el desaparecido durante mi estadía. tú dirás en qué andas.

cuando haya dormido mejor te escribo en detalle.

Date: Thu, 7 Oct 2004 12:57:43
From: anarosa@restauro.com
To: charlie_be@lomani.com

Lo de Javier nada, por lo menos nada de eso a lo que tú te refieres. Sabes que la historia con Javier ha sido siempre de alto voltaje y las últimas veces que hemos hablado hemos hecho más que chamuscarnos un poco mutuamente. Somos tan iguales que asestar el golpe apropiado en el lugar y momento apropiados nos resulta demasiado fácil y lo peor es que no pensamos en las consecuencias que pueden tener esos golpes hasta que es demasiado tarde. A veces pienso que nunca nos hemos amado el uno a la otra (y viceversa), sino que nos hemos amado a nosotros mismos en el otro y en la otra al vernos reflejados. Sé que sabes exactamente de lo que hablo. La última vez que lo llamé (hace ya un par de meses) nombré al conde que, por cierto, ha resultado no ser conde sino sólo multimillonario en dinero y en negocios boyantes. Lo nombré y no debía haberlo hecho, supongo, porque además le mentí, me inventé toda una historia de amor para él. Quería herirlo, resarcirme de la última ofensa, aunque le dejaba una puerta abierta para que me suplicara; el conde me gustaba pero de una manera diferente, caprichosa, no como el amor verdadero que nos une a nosotros. No sólo no vio, o no quiso ver, esa puerta, además me soltó que no me preocupara, que tenía sentido y que ya se veía él venir algo así. Me dijo que soy peor que cualquier jinetera porque por lo menos ellas no ocultan lo que son y colgó con tal fuerza que parecía que pensara que el teléfono era mi cabeza. Me ha dejado (con *la miel en los labios y escarcha en el pelo*, como el de aquella canción de Sabina). Y yo voy a dejarlo que me deje. En algún momento iba a haber que cortar.

Lo que no puede dejar de hacerme gracia es que me llamara jinetera pensando (seguro) que eso sería una gran ofensa.

Si supiera cómo me he estado ganando la vida estos últimos meses.

Date: Wed, 20 Oct 2004 17:09:54
From: anarosa@restauro.com
To: charlie_be@lomani.com

Carrasquita, hoy me han mandado por fin el libro. Sale al mercado la semana que viene, un año antes de haberle puesto el punto final. No está nada mal.

Lo pongo en la almohada de mi cama, allí donde no llegarán nunca ninguno de mis clientes, ni siquiera el catalán que, aunque cierto tipo de cliente, es también algo más. Veo mi nombre en la portada y pienso que fue una idea genial inventarme un apellido diferente para ellos; la mayoría no se atrevería a dejarme *acompañarlos* si supieran que escribo libros *subversivos*. Y, por supuesto, tendrían más cuidado a la hora de abrir la boca y pasarme sin darse cuenta la información que yo les paso a mi vez, muy consciente de ello, a aquellos que podrían hacer algo con ella. Me encanta mantener esta doble identidad.

Y contigo ¿qué pasa? Sigues sin escribir. Quisiera pensar que *Cuba* ha acabado con todas las sombras que has tenido pegadas a la espalda en estos últimos meses, pero algo me dice que podría ser todo lo contrario. Sea lo que sea, sabes que yo no me muevo de aquí.

Dos besazos, Corazón.

matahARi.

Date: Thu, 21 Oct 2004 05:14:33
From: charlie_be@lomani.com
To: anarosa@restauro.com

mi Matahari querida,

lo que me cuentas me cautiva la imaginación y me saca del ensimismamiento de estos días.

te pregunto: ¿cómo no querer escribir un guión acerca del espionaje entre las multinacionales y los defensores del medio ambiente?

personajes: viejos que se encomiendan a dios entre sorbos de whisky; militantes que se tiran contra buques petroleros en alta mar; una chica *seriously beautiful* que construye puentes de información con la firmeza de sus senos, la flexibilidad de su cintura y el misterioso aroma que emite(n) su(s) boca(s).

¿te apuntas como estrella principal?

espero que sí, rosA peRfumada, porque en estos días esto ha sido lo único que me ha hecho sonreír.

Date: Wed, 3 Nov 2004 21:03:31
From: charlie_be@lomani.com
To: anarosa@restauro.com

Rosi,

mañana me voy a Chicago y luego vuelta a Toronto. la galería de Rolando me ha aceptado 15 fotos que ha de rotar junto a la de otros fotógrafos que tienen un portafolio "cubano". me he pasado estas semanas matizando las imágenes. miradas, calles, piernas, fotógrafos tirados por el suelo intentando encontrar el ángulo que les habla de lo que ven. es para la risa, caminar las calles de la Habana y ver que todo el mundo se tira a fotógrafo aún cuando se tiran a sí mismos en las calles o frente a algún momumento.

a la vuelta viajo a Nicaragua. me han invitado como la fotógrafa "oficial" del festival de poesía de la ciudad de Managua. qué bonito, ¿no? yo fotógrafa oficial. ¿quieres venir?

ya sé que prometí explicar lo que verdaderamente pasó con J.M. pero no puedo (todavía no). te agradezco el que no preguntes.

más bien déjame decirte que Joaquín también está enfermo.

lo supimos ayer. no lo podemos creer pero es todo muy real, no sé ni cómo explicarlo. pero es eso, un no creer lo que es palpitantemente real. eso es todo.
te escribiré cuando vuelva de Nicaragua.

Date: Thu, 4 Nov 2004 11:48:02
From: anarosa@restauro.com
To: charlie_be@lomani.com

Chicago, Toronto, Nicaragua. ¿Cuándo vas a pararte, Cara? ¿No ves que lo que necesitas es dejar de moverte por todos los rincones del planeta?

Lo de fotógrafa oficial está muy bien y me alegro mucho por ti. Deberías intentar creértelo. Puedes hacerlo perfectamente sin que se te suba a la cabeza. Además, ¿qué mejor fotógrafa que tú para un festival de poesía? Intenta disfrutarlo, por favor.

Lo de Joaquín, espero de verdad que me lo cuentes con más calma porque no sé cómo tomarlo. La manera en que lo mencionas me hace pensar que se trata de una enfermedad muy concreta. Si es esa gran peste de nuestro siglo, ya sabes que ahora no es como hace unos años; hay medicinas que permiten seguir viviendo dignamente, siempre que tenga dinero para pagarlas, claro, que ésa es otra.

te quiero, cARa.

8 de diciembre del 2004

Día de la Constitución en mi país. Hoy no se trabaja. En realidad el 8 de diciembre ha sido siempre día de fiesta, sólo que en el pasado celebrábamos a la Virgen, la mujer sin mancha que los católicos erigimos en semidiosa. Virgen, Constitución; conceptos en femenino a los que honrar sólo unos días antes de la llegada del verdadero gran dios (el Niño, el inicio de un nuevo ciclo de tiempo), siempre masculino.

No sé dónde andas ahora, si has vuelto ya de Nicaragua. Estés donde estés, te deseo unas muy felices fiestas y un buen comienzo de año.

Cuando decidas salir de tu mutismo, recuerda que a este lado del charco hay alguien que no se olvida de ti.

A. R.

Año Nuevo 2005
Sacramento

otro año Ana Rosa,

me parece el mismo. arrastro los pies igual que ayer. ¿qué se nos presentará este año que valga la pena comentarlo, Ros-an? me siento cansada (obvio). fui al médico (de nuevo). nada. hace poco fui a un médico homeopático. me ha ayudado a encontrar el equilibrio pero me advirtió que no puede encontrar la causa. voy a visitar a mi vieja en Chile. ella me dice que hay un doctor alemán en Puerto Montt que no se le pasa ni una. sin embargo, si no pasa nada, no importa, el sólo hecho de estar en Chile durante los meses de verano ya será mucho. ¿te conté que en la Habana me han adoptado por lo menos dos familias? debo tener cara de huacha aún con los añitos que voy acarreando. siento tristeza Ros. algo cala este cuerpo que llevo puesto y no puedo encontrar ni lugar ni causa. tal vez no sea el cuerpo sino el alma que de tanto ser porosa ya no tiene forma.

ideas, cuerpos, almas, poroso todo. ¿será cierto? las ideas, claro. no veo el por qué no. después de todo ¿cuándo se ha visto una original? son siempre variaciones de las anteriores o de las por venir. imagínate las ideas como *fractals*, una cadena desenroscándose hacia el infinito o absorbiéndose, formando materia sólida de lo que fue una vibración, momentáneamente rebotando dentro de un cráneo. cuando expandiéndose, son una sinfonía polifónica cuya vibración lo permea todo, saturando el éter para luego desaparecer, dejando atrás sólo un rasgo de sí misma. algo (siquiera) que pueda reconocerse como aquella idea cuya variación dejó rastro en alguna parte de este universo que no alcanzamos a pensar, porque pensarlo sería librarnos de lo que nos ata a lo cotidiano. éste, el único ritmo que solidifica nuestra presencia frente a nosotros mismos y frente a otros que ya de por sí, son producto del miedo a desvanecer como la gota de agua que se evapora para ser parte de algo más grande.

¿qué será eso más grande, Ros? ¿estará dentro o fuera de nosotros? ¿o es que es la misma cosa y la mampara que nos divide es este cuerpo que se deteriora por cualquier cosa? este cuerpo Ros... ¿sabes que se me está cayendo el pelo? ¿me podrás reconocer sin pelo, Ros? ¿sin útero, sin ovarios, sin senos? qué fragilidad este cuerpo Ros. nos levantamos y ya estamos muriéndonos poco a poco. sabes que prefiero la muerte rápida, nada de enfermedades prolongadas. no necesito probar cuán fuerte es mi espíritu humano. la batalla por la vida se hace a diario, no sólo cuando nos enfrentamos a calamidades de las cuales después van y escriben un guión para la tele. ¡¡coño, qué burdo es todo!!

hace rato que no saco fotos de cosas bonitas, Ros. hace meses me dedico a sacar retratos de las amistades que se van muriendo. Joaquín ya no es reconocible, sobre todo después de que se murió su amado. el otro día me mostró su refrigerador. aún tiene 341 carretes sin desarrollar. no creo que termine de hacerlo, fuerzas ya no le quedan. me ha pedido que lo haga por él. le dije que sí, pero el cansancio afecta mi propio trabajo, imagínate, ¿cómo he de terminar el de él? temo que si me voy a Chile, cuando vuelva él ya no esté. pero también puede ser que siga así meses y meses. quién sabe cuán pequeño puede uno llegar a ser. si fuese este el cuento de Carpentier, *Viaje a la semilla*, Joaquín se deterioraría hasta gatear y más. pero Carpentier no tomó en cuenta la muerte lejos de la patria (total él volvería a Cuba a morir) o de una enfermedad paulatina cuando aún se es vital. por lo tanto Carpentier eterniza la vida/muerte fundiéndola(s) a la historia de Cuba, haciendo de ella(s) el cimiento sobre el cual se erigen hoy los patrimonios de la humanidad. por suerte (mala o buena) Joaquín no ha de volver a Cuba, aunque todo su trabajo (ahora que he estado yo ahí) tiene dejos de su país natal. no obstante su lealtad a la patria (imaginada o no) no podrá escribirse un cuento simbólico de lo que fue/es ese país usando la cartografía de su cuerpo. tampoco será parte de la historia de este país, siendo aquí un latino más que se muere en el anonimato a pesar de lo extraordinaria que es su obra.

ahí está el meollo, ¿no es cierto, Rosi? medicinas las hay, si tienes dinero. si no, la dignidad debes dejarla estacionada afuera mientras haces fila y contestas preguntas humillantes ante un funcionario del estado. si no tienes quién te cuide te depositan en algún "almacén" para enfermos, como lo hacen con los viejos solos, y eso es todo lo que ves, oyes, hueles, tocas hasta que ya no recuerdas lo que fuiste. no sé por qué no se nos ocurrió sacar un seguro más abarcador al dar comienzo a la cooperativa. desde el principio quisimos que fuera un espacio sin fines de lucro. tal vez pensamos que así esquivaríamos las embestidas comerciales que envilecerían nuestra visión del arte. creo que hubo un momento que pensamos haberlo logrado. pero ninguno de nosotros se preocupó de los detalles. esos pequeños detalles que proveen aquella maldita red de seguridad que las compañías con tanto gusto venden "por si acaso," haciéndonos temer el azar, el futuro, la vida sin marcadores de éxito reconocible. pequeños detalles que podrían haber evitado o por lo menos pospuesto lo que ocurre ahora.

¿será ese el cansancio que tengo, Ros? al fin y al cabo las muertes por guerras televisadas o por grandes muertes naturales, como éstas causadas por el terremoto y Tsunami que arrasó con el sur de Asia (también televisadas), nos roen la conciencia pero siguen siendo abstractas. siguen siendo allá y uno manda dinero o ropa o cosas y así aplica bálsamo a la conciencia que dice: menos mal que no fue aquí. en cambio no hay muerte como la que camina contigo. muerte como la que se huele, como la que se toca, se ve en vivo y en directo. ¿te das cuenta que los únicos que quedan de la exposición aquélla donde conocí a Joaquín son él y yo? Cecilia cayó primero. fue una sorpresa para todos pero no supimos reaccionar.

Ros, que irónico darse cuenta que el deterioro es un llegar a cámara lenta a esa puerta que ha de abrirse al *last frontier*. ahora comprendo el por qué esas muertes fulminantes de aquellos como James Dean han sido tan idealizadas.

quédate allá, Ros. cuéntame de tu vida. ¿cómo estuvo la boda de tu primo? él, guapísimo me imagino. ¿ella? oye no me has contado los detalles de las bodas andaluzas. sé que cuando se casó tu hermana la caminata por las calles de piedra fue parte del ritual. cosa que me pareció muy gracioso porque ustedes hicieron el paseo con tacones de aguja. ¡qué arte de equilibrio, tía! cuéntame de ti, Ros, que cuando vuelva de Chile será un nuevo empezar. le habré contado de mis pérdidas a algún pillín en el campo de mi madre. éste sabrá llevar el peso de lo que se lleva encima.

cuéntAme de ti, Ros-an

15 de enero del 2005

Cara del alma,

Esta carta tuya, después de meses de ausencia, me destroza el corazón. Hablas de tantas cosas a la vez que no sé cómo atajar una por una en su individualidad. Al final, me quedo con lo peor, con la idea de que el ver tanta muerte a tu alrededor te ha llevado a enamorarte de ella. Entiendo que te duela presenciar el deterioro paulatino de Joaquín, la posibilidad de que no termine el trabajo empezado, la seguridad de que no ha de volver a su semilla, pero ¿por qué matarlo en tu imaginación antes de que haya muerto? Además, que tú no eres Joaquín y, si de verdad está tan al borde de lo inevitable como tú aseguras, lo que debes hacer es empezar a despedirte de él, empezar a aprender a vivir sin su presencia. El, Cecilia y todos los que te han acompañado en los últimos años han agotado su existencia y tú debes agotar la tuya, beberte sorbo a sorbo cada minuto, los de dolor y los de gozo, los de alegría y los de tristeza, los de odio y los de amor. La vida es lo único que tenemos y hay que enamorarse de ella, *aunque a veces duela*, como decía Camarón.

Dices que sigues sintiéndote cansada, que se te cae el pelo, que los médicos no encuentran causas que expliquen esos síntomas. Después hablas de las ideas como *fractals*, vibraciones que se expanden y terminan por dejar rastro en alguna parte del universo. ¿No ves lo que estás haciendo, Charlie? Estás dejando que una idea se materialice como patología en tu propio cuerpo, el único universo al que tenemos acceso a través del sentimiento. Parece que acabaras de ver esa película estúpida, monumento a la ideología política más conservadora que pueda imaginarse, y que te la hubieras creído a pies juntillas. Sí, me refiero a *What the Bleep*. ¡Vaya joya! La física unida de nuevo a la metafísica. ¿A qué nos lleva pensar que todo es producto de una idea que se expande y rebota? Cuando tengo jaqueca, siento dolor, igual que lo siento cuando el amor se acaba; cuando beso con ganas, siento placer, igual que lo siento cuando imagino las manos de la persona amada acariciándome. Los que se mueren de hambre, sienten calambres en el estómago y los que sufren la guerra, sienten sus heridas. Esa es la única verdad. No hay nada más grande. Ni más pequeño. Tu verdad es que estás viva y que tu cuerpo no te deja olvidarlo; ojalá el pillín al que le cuentes tus pérdidas sea capaz de mostrarte las ganancias que también has ido acumulando y de las que, por lo visto, has decidido olvidarte.

Mi vida sigue su curso. En muchos sentidos, nunca he estado mejor. Las actividades con las que me gano la vida alimentan la ilusión de que tengo un impacto, aunque sea mínimo, en los acontecimientos del presente y me dejan un montón de tiempo libre para la investigación y la escritura. Estoy empezando un nuevo proyecto; tiene que ver con el presente de Cuba. Aunque todavía no tengo muy claro por dónde voy a atajarlo, creo que voy a empezar con una observación lingüística; el hecho de que el verbo resolver en cubano se ha convertido en intransitivo. Ellos *salen a resolver*, así sin más; el *qué*, objeto directo sin el que en las otras variantes dialectales del castellano ese verbo nunca se usaría, es superfluo en Cuba. ¿No te parece interesante?

Escríbeme en cuanto vuelvas de Chile, Carrasquita. Espero que a tu vuelta me hables con alegría de ese pillín que, estoy segura, te va a despojar de las sombras en el campo de tu madre.

venerA tu cueRpo, C(ielo).

Date: Fri, 21 Jan 2005 11:26:41
From: anarosa@restauro.com
To: charlie_be@lomani.com

Charlie, querida, sé que lo más seguro es que no estés mirando el correo. Te escribo sólo por si acaso. Si recibes esto, escribe por favor, que me tienes intranquila.

Date: Sat, 5 Feb 2005 9:46:07
From: anarosa@restauro.com
To: charlie_be@lomani.com

Tendré que resignarme a esperar a que te dignes a volver a ponerte en contacto conmigo. ¿Cuándo va a ser eso, Carrasquita? ¿Por qué se empeña tu continente en robarme todos los amores que me ofrece en principio tan alegremente? Y ¿cómo resolver?

Date: Tue, 22 Feb 2005 18:37:19
From: anarosa@restauro.com
To: charlie_be@lomani.com

Estuve mirando todas tus postales para ver si lograba entender cómo has llegado hasta aquí y, como no hallaba respuesta, ayer llamé a Francisco. Me costó trabajo localizarlo, pero ha valido la pena. Es curioso, era a ti a quien buscaba a través de él y fue a él a quien (re)encontré a través de ti. Fue delicioso escuchar su voz, como si no hubieran pasado los años. Dijo que, aunque no ha dejado de pensar en nosotras, le daba miedo llamar, miedo a que no le perdonáramos su abandono. El matrimonio con Carmencita terminó como el rosario de la aurora (al final nuestro Francisco le pudo al suyo) y él dejó el bufete de abogados en el que trabajaba cuando se casó y se ha dedicado a la música. Toca el saxo con un grupillo que no aspira más que a disfrutar con la creación y se ha enamorado de una argentina estupenda que, según me explicó, es lo opuesto de Carmencita. Parece feliz. Propone que celebremos juntos su próximo cumpleaños en Hartford. Por los viejos tiempos. A que no te AtReves.

Date: Sat, 26 Feb 2005 7:24:05
From: charlie_be@lomani.com
To: anarosa@restauro.com

buenos días reina,

estoy de vuelta. aún no he leído tu carta y los mensajes. por ello te mando sólo un breve aviso. ayer murió Joaquín. no te preocupes, quédate allá. todo es como tiene que ser.

he empezado un portafolio nuevo. ya te diré de qué se trata. tengo que pasar unas semanas en el laboratorio primero.

recibe mis abrazos.

Date: Sat, 26 Feb 2005 18:37:20
From: anarosa@restauro.com
To: charlie_be@lomani.com

Por fin apareces. Aunque sólo sea para decir que vuelves a desaparecer, me alegra saberte viva y con ganas de trabajar.

Siento mucho lo de Joaquín y sabes que estaría feliz de poder acompañarte en este trance, pero no haré nada que tú no quieras. Si has decidido cerrarme tu puerta por ahora, no seré yo quien fuerce la cerradura.

Escribe cuando el dolor te deje. No dejaré de esperARte.

15 de marzo 2005
San Francisco

Hola Ros-anne

me he pasado unos cuantos días en el laboratorio. al salir me di cuenta que ha llegado la primavera. tomé la bicicleta y me mandé a andar por las carreteras de la costa. el aire estaba fresco, el cielo azul azul azul. no había nube que perturbase la limpidez del cielo. me paré frente al mar y me encontré preñada de pensamientos, recuerdos, imágenes que son todo lo que queda de los que vamos perdiendo. me paré frente al mar y éste me dio un *boon*. me vació de todo. el cuerpo vibró más ampliamente como si alguien me hubiese afinado tal cual una cuerda de cello. sentí la brisa (un poco helada) del mar y la humedad que acarreaba limpió los poros tapados de químicos de laboratorio. ¿sabes que a veces me despierto con el olor a los químicos en los pasajes nasales?

anduve casi todo el día en la bici. las piernas se tensionaron por el ácido láctico, luego se sintieron jalea y al llegar a casa pensé que ya no me ayudarían a subir las escaleras hacia el apartamento. de hecho fue así. tuve que subir poco a poco, tropezándome por la risa que me dio al sentirme tan agotada por algo tan perfectamente precioso.

creo que voy empaquetando la pena que me causó la muerte de Joaquín. él me lo dijo, referenciando una de sus películas favoritas, *Harold and Maude*: entiérrame y vete a reír (amar) un poco más. ¡qué maravillosamente loco era! al final logré mandar la mitad de sus cenizas a Pinar del Río. Rolando en Toronto se encargó. la otra mitad la desparramamos allá, un poco más allá de la bahía de San Francisco.

en el laboratorio recuperé su imagen de cuando recién empezábamos a trabajar juntos. ¿recuerdas cuando me decía que mis imágenes eran demasiado líricas aún cuando enmarcando lo deteriorado? ¡qué sopetón! después me di cuenta que tenía razón, que todavía yo miraba con ojos de soñadora, creyendo que podría salvar el mundo plasmando la belleza del mismo. él me enseñó que la belleza yacía en verlo todo tal cual es. sin excusas y sin adornos. cómo me costó sacarme esos lentes rosa y ver y aceptar que esto es lo que tenemos. quién hubiese dicho que tendría que aceptar que todos los de la cooperativa de artistas que formamos nos iríamos sin dejar otro rastro que el trabajo que hicimos.

aquí te mando una de las fotos que desarrollé, sé que la reconocerás porque estabas conmigo cuando la tiré. mandé algunas de esas fotos a su mamá con Rolando también.

VIVE, Ros-anne, la primavera trae nuevos olores.
besotes.

27 de marzo del 2005

Qué alegría, Carlotita. Ahora sí. Has vuelto y traes contigo todos los colores, todas las notas, los olores, los sabores y las texturas del universo. Sabía que lo harías tarde o temprano, pero había empezado a preocuparme. ¿Sabes que justo hoy hace un año que Javier se fue? ¿Qué pasa con los que sin dejar de habitar este mundo se mueven a coordenadas que nos rechazan y desde las que jamás los oímos ni sentimos? ¿Es eso también la muerte aunque sea de otro tipo? En estos últimos meses, para mí habéis estado los dos un poco muertos, fuera de mi alcance, existiendo como fantasmas creados y recreados por mi deseo. Pero tú has vuelto y tu alegría de vivir es gasolina súper para mi vehículo ☺

¿Recuerdas las noticias que te di de Francisco, el otro muerto resucitado? ¿Qué piensas de volver a Hartford en octubre? A mí me encantaría, pero no quiero hacerlo sin ti. Dime que te apuntas a la celebración.

En esta postal no queda más espacio, pero te llamo esta noche. Tengo casi cinco meses de vida que contarte.

AlegRe como unas castañuelas.

8 de abril, 2005
California (a la salida)

me has convencido Ros. tu llamada de ayer era todo lo que necesitaba para decidirme. octubre en Hartford y con Francisco, eso sí que será algo fuera de lo común.

compraré los pasajes junto a los de la India así dejo todo listo antes de irme. te recuerdo que una vez en el *ashram* la comunicación será poca, no te preocupes. pensaré en ti.

te mando estas fotos de cuando vivíamos en Hartford. las encontré anoche. deberíamos hacer un collage de 24 x 36: helados, calcetines, vino, Changó, Francisco, nieve, tú, más nieve y yo.

hasta pronto AlmendRa doRadA.

2 de junio 2005
Ganeshpuri, India

ayer estuve sentada en el medio de un jardín frente a una efigie cuya respiración llenaba todos los vacíos dejados por las soledades que uno va acumulando y luego lleva consigo como si fuese maleta indispensable. son soledades que van dando forma y significado a nuestros ademanes. algunas tienen nombres propios, otras son vistas que nos conmovieron y no supimos mantener presentes una vez nos alejamos, también son soledades que nos va dejando el pasar del tiempo: cuando muere la que éramos a los tres, trece, veinti-tres años, por ejemplo. ya no sabemos ser sin ellas, ni cuando desnudos somos sin ellas. un manojo de soledades que almacenamos en partes recónditas (a veces). otras las llevamos puestas en una sonrisa a medio dar o una mirada que se perdió tras una espalda cuyo nombre no pudimos pronunciar.

me senté a ver cómo respiraba esta representación de bronce que fue, alguna vez en este mismo lugar, un santo de la India contemporánea. su exhalar era una ondulación de éter que se esparcía a lo largo del valle para luego recogerse en el abismo que es el universo interno de todo humano. exhalaba e inhalaba. yo lo imitaba. exhalé e inhalé. me despedí de las soledades que por tantos años usé para identificarme. fui como un saguaro abandonado por los pájaros que lo habitaban. llena de huecos sin propósito me quedé ahí, inmóvil. con el tiempo sentí que la respiración de aquel ser me envolvía y el aire al adentrarse en los huecos se tornaba en un torbellino que limpiaba todo residuo, toda putrefacción. empezaron a brillar y el viento/respiración se tornaba en luz que se desbordaba de los hoyos hasta cubrir el cuerpo entero. de ese cuerpo que era llama blanca, ardiente, que era yo que no era, empezó a emerger un lejano rumor. ese rumor se tornó en el sonido concéntrico que emite el epicentro cuando respira lento lento. luego ocurrió lo imposible: del cóccix se levantó Ella, la innombrable, y como serpiente reluciente de luz se desenroscó hasta llegar a la corona de mi cabeza. allí abrió su capucho y para mí el tiempo dejó de existir. seis horas más tarde abrí los ojos y era medianoche. el aroma de las gardenias perfumaba el jardín.

ahora estoy aquí, escribiéndote esta carta, dudando si debería mandártela ya que ni yo misma sé que significado darle a mi experiencia. pero esto sí que es cierto, ya no soy aquellas soledades que era. sin ellas no sé lo que soy: un vehículo sin pasajero? un pasajero sin equipaje? un templo sin dios? un creyente sin creencias? no sé. pero esto sí es cierto, ya nada es igual.

Date: Tue, 14 Jun 2005 20:05:07
From: anarosa@restauro.com
To: charlie_be@lomani.com

Acabo de recibir tu carta desde la India. Lo que me cuentas es precioso y no hay que buscarle ningún significado porque lo único importante de haber vivido esa especie de unión mística con el universo es haberla sentido. Como ves, al final es todo cuerpo y sólo desde él nos es dado sentir y explicarlo todo: inspirar expirar, inmovilidad, huecos y aire que los llena, cóccix y coronilla, y para rematar, el olor de las gardenias. ¿Cómo podrías haberme explicado lo que viviste sin recurrir al cuerpo y, sobre todo, cómo y dónde podrías haberlo sentido?

Date: Wed, 15 Jun 2005 01:05:07
From: charlie_be@lomani.com
To: anarosa@restauro.com

rápida nota para decirte que voy camino hacia las Américas. estoy aquí en el aeropuerto de Bombay esperando que arreglen no sé qué cosa en el mecanismo eléctrico del avión. parece que sin brújula no se puede volar. te iba a sorprender pero tú sabes que no aguanto la anticipación y las sorpresas son siempre un sentir dudoso para mí. ahí va: te aviso que pasaré por Madrid. arrendaré un auto en Bruselas para bajar a visitarte. espero que estés cuando te toque la puerta. cuando abras la puerta no me muestres tu sorpresa ante mi apariencia.

hasta muy pronto AlmendRita

Date: Wed, Jun 15 2005 20:59:01
From: anarosa@restauro.com
To: charlie_be@lomani.com

Te estaré esperando todo el día y toda la noche. Cuando lle-gues, empuja la puerta; estará abierta. Quítate los zapatos y entra a buscarme. No te voy a mostrar ni una pizca de sor-presa porque no estaré sorprendida.

sólo pARalelepípeda de emoción.

25 de septiembre del 2005
Desert View, Gran Cañón: 7438ft/2267m.

¿Cómo has podido hacerme esto, Corazón? Nunca hubiera imaginado que podrías irte sin más y dejarme aquí sola; sin norte, sin referencias, sin horizonte. Has destrozado mi espejo en tantos y tan pequeños cachitos que no veo la manera de recomponer mi imagen; una uña, un trozo de nariz, dos dientes, una parte de un de-do del pie izquierdo, algo de pelo por detrás de una ore-ja con pendiente, el gollete del cuello, la mitad de un pezón, un codo desollado, un ombligo casi completo. Eso soy desde que me anunciaron tu salida del mundo. ¿Cómo has podido, Charlie? ¿Cómo? ¿Quién voy a ser yo ahora?

Aquí estoy, pequeña como una mota de polvo frente a la inmensidad del Gran Cañón. Esa inmensidad de la que tanto me has hablado y que al final he venido a conocer con algo de lo que fuiste bajo el brazo, pero no sé si con-tigo. Debiste pensar que soy materialista y que me costaría trabajo creer que el montón de cenizas que traigo en este tarro de cerámica tan hortera seas tú. Debiste suponer que me sería difícil creer que tu espíritu (sea eso lo que sea) se mantiene en esta materia transformada, en esto que era tu piel, tus huesos, tu carne y tu sangre y que ahora no es más que un montón de polvo gris que volará entre las paredes del cañón y terminará fundiéndose con el éter, como tú querías. Ojalá tuvieras razón tú y de verdad estés en estas cenizas y de verdad te hagas una con el universo tan pronto como te lance al aire y tire el tarro a las profundidades de estos muros, que crecen infinitamente hacia abajo. Ojalá tuvieras razón tú y encuentres por fin para toda la eternidad la libertad aquella que presentiste durante un minuto que tan feliz te hizo. Ojalá. Porque si resulta que quien está en lo cierto soy yo, me has dejado aquí sola para nada, para no sentir, para no ser, mientras yo no puedo dejar de ser y de sentir; aquí con lo que queda de ti bajo el brazo y con el encargo de explicárselo todo a tus padres.

Explicárselo todo. Te juro que cuando tu abogado me llamó para que me encargara de ejecutar tu última voluntad, tras el choque inicial, te hubiera matado. ¿Qué les explico yo a tus padres; que te hartaste de vivir, que preferías que no vieran tu cuerpo, que no querías que ninguna otra persona, excepto yo, presenciara tu incineración? ¿Cómo se explica eso, Charlie? Sacaré una foto de este cofre horrible con tu cámara favorita y se la mandaré con una nota: *Señora María, señor José, su hija de ustedes decidió marcharse sin despedirse y a mí me ha tocado hacerlo por ella. La foto capta la imágen del último receptáculo de su espíritu. No se preocupen por ella, que ya la he liberado de la prisión de la materia y ahora vuela feliz confundiéndose con el éter en la inmensidad del Gran Cañón.* ¿Es así como te gustaría que se lo explicara? ¿O debería decirles simplemente, *Carrasquita ha pasado a mejor vida. Recemos por la salvación de su alma?* Joder, Cari, qué putada.

Lanzo el polvo que fuiste al vacío y la luz lo atraviesa jugando con él. En un instante, veo formas que me parecen tu pelo, tu sonrisa. Y un guiño. Como si me dieras las gracias y te burlaras al mismo tiempo de la ridiculez de mi rabieta. Después recuerdo que no creo en el alma si no es como algo consustancial con el cuerpo y tiro con fuerza el tarro contra las rocas. Intento ver el paisaje a través de tus ojos, compartir una última experiencia, pero ya no estás, y mis ojos, sin tu presencia, son incapaces de ver el baile del éter.

A cuestas con tu mueRte.

Claudia Aburto Guzmán, Ph.D.

Department of Romance Languages and Literatures
Spanish, Hathorn 316
Bates College
Lewiston, ME. 04240
Off: (207) 786-6049
Fax: (207) 786-8331
caburtog@abacus.bates.edu

Claudia Aburto Guzmán, nació en Chile. Radica en los Estados Unidos desde los ocho años. Se desempeña como Associate Professor de literatura, español y pensamiento intelectual hispanoamericano en Bates College, Lewiston, Maine. Investiga las intersecciones de la identidad femenina tanto en Hispanoamérica como en los Estados Unidos.

Su trabajo creativo más reciente ha sido publicado en *Letras Femeninas, Revista Casa de las Américas, Barcelona Review, Letras Salvajes, Más allá de las fronteras,* antología de cuentos (U.S: Ediciones Nuevo Espacio, 2004) y *Ciguatas y Otras Mujeres,* antología poética (Tegucigalpa: Ixbalam Editores, 2005).

Es co-autora de dos libros de poesía: *Cuentos y Fragmentos de Aquí y Allá* (Ecuador: Editorial El Conejo, 2002) y *Deambulaciones Eróticas* (Cuba: UNEAC, 2004). También es co-autora de la colección de cuentos, *La Séptima Mujer: cuentos dedicados* (U.S: Ediciones Nuevo Espacio, 2004).

Francisca López, Ph. D.
Department of Romance Languages and Literatures
Bates College
Lewiston, ME 04240
Teléfono: 207 786-6284
E-mail: flopez@bates.edu

Francisca López es profesora de lengua y literatura españolas en Bates College (Maine). Su trabajo de investigación se centra en la narrativa de escritoras españolas del último siglo.

Ha publicado varios artículos y el libro *Mito y discurso en la novela femenina de posguerra en España* (Pliegos, 1995).

Su obra creativa más reciente puede leerse en *Letras Femeninas* (poemas), *Letras Salvajes* ("Romances de San Juan") y en la antología poética *Ciguatas y otras mujeres* (Tegucigalpa: Ixbalam Editores, 2005). Ediciones Nuevo Espacio ha publicado "Una entrada de diario" (cuento), en la antología *Más allá de las fronteras* (2004), y *La séptima mujer: Cuentos dedicados* (2004), colección de relatos escrita en colaboración.

De las mismas autoras:

La séptima mujer: cuentos dedicados nos entrega una colección de relatos que tienen unidad en sí mismos y pueden leerse, por tanto, como textos independientes. Desde esta concepción, el orden de lectura es irrelevante y el conjunto puede pensarse como el producto de largas conversaciones entre dos amigas escritoras que les han llevado a concebir el acto de creación a modo de diálogo.

Pese a los cuentos ser obra de dos autoras existe entre ellos una unidad de conjunto. Leídos en el orden en que han sido publicados, los relatos configuran una novela de crecimiento de mujeres desplazadas por el acto de la migración forzada o voluntaria. Desde esta concepción, la obra presenta la genealogía de esa figura solitaria (sus mitos, fantasías y experiencias) que John Berger denominó *seventh man* y que las autoras han recreado en femenino.

ISBN: 1-930879-42-3

Otros títulos publicados por
Ediciones Nuevo Espacio

Ado's Plot of Land

Gustavo Gac-Artigas – Chile

A Bride Called Freedom-Una novia llamada libertad - Bilingual

Brett Alan Sanders - USA

Aún viven las manos de Santiago Berríos

José Castro Urioste – Perú

Bancarrota y cómo reconstruir su crédito

Juan Gonzales Prada

Benedicto Sabayachi y la mujer Stradivarius

Hernán Garrido-Lecca - Perú

Beyond Jet-Lag

Concha Alborg - España

Buenos Aires

Sergio Román Palavecino - Argentina

Correo electrónico para amantes

Beatriz Salcedo-Strumpf - México

El dulce arte de los dedos chatos

Baldomiro Mijangos - CDBook- México

El solar de Ado

Gustavo Gac-Artigas - Chile

Exilio en Bowery

Israel Centeno - Venezuela

La edad del arrepentimiento

Blanca Anderson - Puerto Rico

La lengua de Buka

Carlos Mellizo - España

La última conversación

Aaron Chevalier - España

Liliana y el espejo

David Bedford - Argentina

La séptima mujer

Claudia Aburto Guzmán y Francisca López – Chile/España

Más allá de las fronteras Primer concurso de Cuento 2003

Más allá de las fronteras Primer concurso de Poesía 2003

Melina, conversaciones con el ser que serás
Priscilla Gac-Artigas - Puerto Rico

Off to Catch the Sun
Alejandro Gac-Artigas – USALatino

Poemas de amor y de alquimia - Bilingual
Blanca Anderson Córdova - Puerto Rico

Por nuestros hijos: de la tierra de nadie a las mejores universidades americanas
Gustavo Gac-Artigas - Chile

Prepucio carmesí
Pedro Granados - Perú

Simposio de Tlacuilos
Carlos López Dzur - USALatino

Todo es prólogo
Carlos Trujillo - Chile

Under False Colors
Peter A. Neissa - USA

Un día después de la inocencia
Herbert O. Espinoza - Ecuador

Viaje a los Olivos
Gerardo Cham - México

Visiones y Agonías
Héctor Rosales - Uruguay

Yo, Alejandro - English – 3rd. Ed.
Alejandro Gac-Artigas - USALatino

Yo, Alejandro - Bilingual
Alejandro Gac-Artigas – USALatino

Academia:
Caos y productividad cultural
Holanda Castro

Helena María Viramontes en sus propias palabras
Lydia H. Rodríguez

Double Crossings / Entrecruzamientos
Editores: Carlos von Son, Mario Martín Flores

Reflexiones, ensayos sobre 44 escritoras hispanoamericanas contemporáneas - 2 Vols.
Editora: Priscilla Gac-Artigas

The Ricardo Sánchez Reader / CDBook
Editor: Arnoldo Carlos Vento – USA

Academic Press:
Nos tomamos la palabra, antología crítica de 28 escritoras lati-
noamericanas
Editora: Priscilla Gac-Artigas